KB120032

어서와,

IB는

처음이지?

어서와, IB는 처음이지?

IB 학교 교사가 말하는 IB의 빛과 그늘

초 판 1쇄 2024년 06월 26일
초 판 2쇄 2024년 08월 27일

지은이 정한빛
펴낸이 류종렬

펴낸곳 미다스북스
본부장 임종익
편집장 이다경, 김가영
디자인 임인영, 윤가희
책임진행 이예나, 안채원, 김요섭

등록 2001년 3월 21일 제2001-000040호
주소 서울시 마포구 양화로 133 서교타워 711호
전화 02) 322-7802~3
팩스 02) 6007-1845
블로그 http://blog.naver.com/midasbooks
전자주소 midasbooks@hanmail.net
페이스북 https://www.facebook.com/midasbooks425
인스타그램 https://www.instagram.com/midasbooks

© 정한빛, 미다스북스 2024, *Printed in Korea*.

ISBN 979-11-6910-696-2 03810

값 18,000원

미다스북스는 다음세대에게 필요한 지혜와 교양을 생각합니다.

어서와,
IB는
처음이지?

정한빛 지음

미다스북스

1장   교직 생명 연장의 꿈

2장 주저하는 IB 교사들을 위해

책 사용 설명서

  운명은 늘 우연을 가장해 나를 찾아온다. 내가 IB 학교에 오게 된 것도, 지금 IB를 주제로 책을 쓰고 있는 것도, 매일 아침 손잡고 등교하는 두 딸을 흐뭇하게 바라보며 출근하게 된 것도, 어쩌면 운명이라는 시나리오에 이미 쓰여 있는 장면인지 모른다. 물론 시나리오 작가는 나다. 가던 길에서 방향을 잃은 나, 운명의 갈림길에서 IB의 존재를 알게 된 나, 새로운 도전을 즐기는 나, 동기부여와 열정이라는 연료가 지속적으로 공급되지 않으면 쉽게 포기하는 나, 마음 접기가 종이접기보다 쉬운 나, 타인의 고통을 외면하기 힘든 나, 맨몸으로 비 맞고 있는 누군가가 보이면 뭐라도 해야 마음이 편해지는 나. 이 모든 '나'가

합작하여 시나리오를 썼고, 여전히 나는 시나리오 안에
있다.

이 시나리오의 1막과 2막 사이 인터루드(interlude)를 쓰는
심정으로 책을 썼다. 호기롭게 시작했으나 나에게 책을
쓸 만한 자격이 있는가 라는 질문 앞에 자주 망설였다. 이
미 IB에 대해 잘 정리해 놓은 책이 많은데 굳이 나까지 책
을? 그러나 오히려 이런 이유 때문에라도 책을 써야겠다
고 생각했다. IB 학교에 갓 전입한 초짜 교사의 눈높이로
IB에 대해 쉽게 설명해 주는 책이 필요하다고 느꼈다. 나
와 비슷한 처지에 있는 누군가를 떠올리며 편지 쓰듯 글
을 써 내려갔다.

그 과정에서 출발할 땐 보이지도 않았던 돌부리에 걸
려 자주 넘어졌다. 책을 쓰는 과정은 나를 넘어뜨린 돌부
리에 이름을 붙이는 작업이기도 했다. IB에 대한 지식과
역량 부족, 다른 선생님과의 비교로부터 오는 열등감, 체
력 저하, 열정 고갈 등. 나를 넘어뜨린 돌부리 옆에 주저

앉아 포기한 적도 여러 번이다. 그러다 어느 한 사건을 만났다.(책을 읽다 보면 어떤 사건을 말하는지 알게 될 것이다.) 길 건너에서 울고 있는 사람들이 많았다. 나도 그 책임에서 자유로울 수 없었다. 매일 아침 해가 떠오르면 죄책감이 그림자처럼 따라붙었다. 그림자가 들러붙지 않는 밤마다 글로 그림자를 털어냈다. 마음이 조금은 가벼워졌다. 엉덩이 툭툭 털고 일어나 다시 걸었다. 쓰다가 포기했던 글도 이어 나갔다. 끝내 글을 마무리하고 지금 이 글을 쓴다.

결과적으로 이 책의 장르를 콕 집어 말할 수 없겠다 싶을 만큼 다양한 장르와 주제가 혼합된 책이 나왔다. 지금부터 이 책은 IB 전입교사 안내문이 되었다가, 교실의 알콩달콩한 일상을 라디오 사연처럼 전달하는 교육 에세이가 되었다가, 대한민국의 어느 교실을 잠입 취재한 르포르타주가 되었다가, IB와 공교육이 가야 할 방향을 모색하는 칼럼도 될 예정이다. 굳이 비유하자면 뷔페처럼 다양한 음식을 한 상에 담았다고 표현하면 될 듯한데, 차린 음식이 입맛에 맞을지는 모르겠으나 각각의 음식을 차리는 데 요리사로서 최선을 다했다는 점만큼은 자신 있게 말할 수 있다. 이제 혼신의 힘을 다해 요리한 음식 한 상을 수줍은 손으로 당신 앞에 내민다.

미슐랭 가이드에 올라간 고급 양식집을 찾는 마음보다는 지난 주말 동네에 새로 오픈한, 푸근한 인상의 동네 아저씨가 차려주는 라면집을 찾아가는 마음으로 가볍게 읽어줬으면 한다. 라면을 다 먹고 나면 씁쓸한 뒷맛이 느껴질 수도 있는데 그것은 나의 의도이므로 가게 리뷰를 달 때 별을 빼지 않아도 된다. 물론 라면이 맛이 없다거나, 해장하려고 짜파게티를 시켰는데 불닭볶음면이 나왔다거나, 진라면을 시켰는데 뿌셔뿌셔가 나와버렸다면 그것은 전적으로 내 책임이다.

1장

교직 생명 연장의 꿈

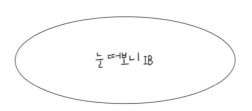

눈 떠보니 IB

"형? 이거 잘못 나온 거 아니죠?"

"예의 없는 건 여전하구나. 간만에 전화했으면 인사부터 하자. 다짜고짜 뭐가 잘못 나왔다는 거야?"

"방금 교원 인사 발표 난 거 확인 안 했어요? 형, 초빙으로 K-초등학교 발령 났던데요? 이거 형이 지원한 거 맞아요?"

"초빙인데 그럼 누가 지원했겠니."

"형이랑 초빙은 뭔가 안 어울리는 조합이라, 잘못 나온 줄 알았어요. 심지어 K-초등학교는 IB 학교잖아요? IB 학교 힘들다던데?"

"나랑 선생님은 어울린다고 생각하냐? 일단 초빙으로

K-초등학교 가는 건 맞고, 얘기하자면 사연이 길어. 다음에 만나서 얘기하자."

그 후로 인사 발표에 나온 게 맞냐는 전화를 몇 통 더 받았다. 그들의 한결같은 반응은 다음 한 줄로 요약할 수 있다.

"니가 왜 거기서(IB 학교 초빙교사 명단) 나와?"

그러게나 말이다. 불과 석 달 전까지만 해도 내가 아는 아이비는 해태에서 나온 과자 아이비와 두릅나무과(科) 식물 아이비, 가수 아이비(IVY)뿐이었는데. 나는 어쩌다 IB 학교에 오게 된 걸까? 우리나라 교육의 패러다임을 바꾸려는 시도에 작고 귀여운 힘을 보태고자 IB 학교에 지원했다고 포장하고 싶지만 그러지 않겠다. 글은 솔직하게 써야 하기 때문이다. 솔직히 말하겠다. 어쩌다 IB라는 별에 떨어지게 됐는지. 불시착으로 떨어지게 된 건지, 연착륙으로 안착하게 된 건지. 불시착이라면 지금이라도 탈출을 시도할 예정인지, 연착륙이라면 다음 목적지는 어디인지. 그러고 보니 나도 궁금하다. 내가 어쩌다 IB 학교로 오게 됐더라? 기억의 끝을 잡고 시계를 거꾸로 되돌려보니 떠오르는 장면이 있다.

장소가 차 안이었지 아마. 그날 아내가 던진 무심한 멘트, 너무 무덤덤한 톤으로 오늘 저녁 식사 메뉴를 물어보듯 툭 내던져진 멘트. 그래서 당시에는 그 안에 담긴 의미를 전혀 알 수 없었던 그 멘트가, 모든 사건의 발단이었다.

"이번에 학교 어디로 옮길 거예요? IB 학교라고 들어봤어요? 저 내년에 단비(첫째 딸)랑 같이 IB 학교 갈까 봐요."

"그래. IB가 뭔지는 모르겠지만 잘해봐."

"진짜 괜찮겠어요? 당신도 같이 IB 학교에 가야 하는데."

"(잠깐, 난 IB 학교에 가고 싶다는 말 한 적이 없는데…) 어? 나도? 아니, 난 왜?"

"IB 학교들이 죄다 우리 집에서 멀리 떨어져 있거든요."

"그 말인즉슨, 나도 학교를 IB 학교로 옮겨야 하고 집도 이사를 해야 한다는 말씀?"

순간 나의 뇌 신경 회로에 비상 스위치를 눌러버린 단어는 '이사'였다. 내가 갈 수 있는 IB 학교 리스트, IB 학교의 업무 강도, 딸의 전학 따위가 아니라. 그도 그럴 것이 나는 이사라면 진절머리가 나는 사람이다. 결혼하고 이사를 몇 번 했더라? 다 세려면 밴 라이프 시절을 제외하더라도 손가락 열 개가 다 필요할 것이다.

"IB? 좋아. 단비까지 데리고 가려 하는 거 보면 이유가 있겠지. 다 좋은데 나는 이번만큼은 작은 학교에서 근무해보고 싶어. 생각해 보니 한 번도 작은 학교에서 근무해 본 적이 없더라고."

"잘됐네요. IB 학교 대부분이 작은 학교예요."

"(영업을 참 잘하시네요. 그런데 제가 다시는 이사를 못 가겠어서 말이죠.) 그게 아니라, 이제 이사는 그만 다니고 싶어. 지금 사는 동네가 마음에 들고 앞으로도 계속 여기서 살고 싶어. 나는 동네 근처 학교에 다니고, 당신은 IB 학교로 출퇴근하면 안 될까? 가려는 학교는 어디야? 거리는 얼마나 멀어?"

"차로 1시간 거리예요."

"하… 멀긴 멀다. 우리가 그동안 이사를 자주 다닌 이유도 출퇴근 거리 때문이었는데. 하루만 생각할 시간을 줘."

아내의 얼굴을 보니 처음부터 설득될 거라 기대하진 않았다는 표정이다. 다만 나는 두려웠다. 결코 포기할 것 같은 표정도 아니었기 때문이다.

"그래, 한번 들어나 보자. IB가 뭔데? 왜 갑자기 IB 학교로 가겠다는 거야?"

아내는 IB 학교 홍보 컨설턴트에 빙의하여 IB 학교의 장점을 열거하기 시작했다. 솔직히 귀에 들어오진 않았다. 그런 장점들을 한 트럭 모아놓아도 이사 앞엔 태풍 앞의 촛불이었다. 청산유수로 흘러나오는 영업 멘트 앞에 잠시 혹했다가도 이사라는 태풍이 불면 훅– 하고 꺼져버렸다. 다만 마지막 멘트는 솔깃하긴 했다.

"지난번에 우리나라 교육 시스템에 회의를 느낀다고 했죠? 가르치면서도 이런 걸 왜 가르쳐야 하는지 스스로 설득이 안 되니 열정이 식어버린다고. IB는 그런 선생님들을 위한 교육과정이에요. 다른 사람은 몰라도 오빠랑은 정말 잘 맞을 것 같아요. 저만 그렇게 생각하는 게 아니고 지금 IB 학교에 근무하시는 코디(IB 학교의 기획총괄 역할을 담당함. IB 학교의 실질적인 살림꾼) 선생님도 오빠 같은 사람이 IB 학교에 필요하다고 말씀하시더라고요. 꼭 IB 학교에 왔으면 좋겠다고. IB랑 찰떡일 것 같다고."

"그분이 누군데? 뭐 좀 아시는 분이네. 하하(3초간 어색한 침묵) 에이, 그래도 난 싫어. 그냥 동네 근처에 있는 작은 학교로 갈래."

설득은 집요했다. 운전하는 차 안에서도, 빨래를 개는 와중에도, 저녁 식사를 하다가도 'IB 학교 초빙교사 지원 건'은 불시에 패스트트랙으로 상정되었다. 단비는 이미 엄마에게 세뇌되어 엄마가 IB라는 단어를 꺼낼 때마다 옆에서 추임새를 넣었다.

"아빠, IB 학교 도전해 봐요. 아빠가 늘 저에게 말씀하시잖아요. 뭐든 궁금하면 해보라고. 하고 싶은 거 있을 땐 그냥 하면 된다고. 저도 IB 학교가 궁금해요. 궁금하니 해봐야겠어요."

이쯤 되면 답정너(답은 정해져 있으니 너는 대답만 해)다. 아내는 IB 학교의 초빙교사 모집 기간이 끝나간다며 최후통첩을 날렸다.

"빨리 결정해야 해요. 지금 아니면 영영 못 갈 수도 있어요."

"(저기요. 가고 못 가고가 문제가 아니라 가고 싶은 마음이 안 생긴다
는 게 문제입니다만. 그런데 말입니다. 들을수록 구미가 당기긴 하네
요.) 나도 IB에 대해 뒷조사를 해봤는데, 단비랑 잘 맞을
것 같긴 하더라. 당신도 진짜 가고 싶어서 가는 거지?"

"당연하죠."

(3초간 침묵)

"그래, 가자. 하고 싶으면 하는 거지 뭐."

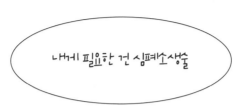

내게 필요한 건 심폐소생술

초빙교사 공모 지원 서류를 제출하러 K-초등학교로 향하는 중이다. 버스 안에서 초빙교사 공모지원서를 꺼내어 읽는다.

> Educate의 어원을 따라가 보면 학습자의 안에 있는 것을 밖으로 끄집어낸다는 뜻이 담겨 있다고 합니다. 그러나 우리나라의 교육은 지식을 학습자에게 주입하는 주입식 교육의 한계를 벗어나지 못하고 있으며…(이하 생략)
>
> ― 초빙교사 공모지원서 中

지원동기의 도입 부분이 꽤 그럴싸했다. 공모지원서는

어서와, IB는 처음이지?

답답한 교육 현실과 맞물리며 뒤로 갈수록 무게감을 더해 갔다. IB 학교 전입 후의 포부를 밝히는 마지막 부분에서는 어떤 결연한 의지마저 느껴졌다. 공교육 회복 임무를 띠고 소리 없는 전쟁터에 투입된 용병의 선언문 같은 느낌이랄까. 여기서 '소리 없는 전쟁터'는 비유가 아니었다. 나는 종종 교실이 전쟁터처럼 느껴졌다. 초점 없는 아이들의 눈동자를 바라보는 내 마음은 '이 길이 과연 내가 가야 할 길이 맞는가?'라는 질문으로 늘 시끄러웠다. 돌이켜보면 나는 교실이라는 사각의 링 코너에 그로기 상태로 내몰렸던 것 같다. 심판이 종을 빨리 쳐주거나 코치가 수건을 던져주기만을 기다리면서.

그만두고 싶다는 생각을 한 번도 안 해본 직장인이 있을까마는, 나는 상황이 심각했다. 나날이 힘들어지는 교실 현장, 나 혼자의 힘으로는 현실의 사소한 문제 하나 해결할 수 없음을 깨달을 때의 무력감, 나도 영혼 없이 전철에 몸을 싣는 회사원과 다를 바 없게 되었다는 현실 인식, 먹고사니즘의 비루함, 매너리즘 속에서 메말라가는 열정, 늦게나마 깨달은 자아정체성, 이제라도 후회 없는 삶을 살아보고 싶은 열망. 이 모든 게 적이 되어 나를 코너로 내몰았다. 그때마다 늘 닿게 되는 생각의 종점이 있었다. 종점에는 다음과 같은 이름이 적혀 있었다.

'의미 없음(정거장).'

깨어 있는 시간의 절반을 보내는 직업에서 의미를 찾지 못한다는 건 여간 심각한 일이 아니었다. 새가 양 날개의 균형에 의해 날아가듯 내 삶은 재미와 의미의 균형에 의해 굴러간다. 의미 있으나 재미없는 삶은 지루하고, 재미 있으나 의미 없는 삶은 공허하다. 내 삶을 굴러가게 만드는 바퀴 중 하나(의미)가 고장 나 버렸으니 남은 바퀴 하나(재미)로 삶을 굴려야 했다. 문제는 재미라는 바퀴는 이미 고장 난 지 오래라는 사실이었다. 그동안 의미라는 바퀴 하나로 외발자전거 곡예를 이어오고 있었는데, 이젠 그 바퀴마저 고장 나 버린 것이다.

나에게도 재미와 의미 두 바퀴로 신나게 자전거를 굴리던 시절이 있었다. 한창 열정 넘치던 시절에는 선생님만큼 의미 있는 직업은 없다고 생각했다. 누군가의 인생을 바꾸는 사람이 된다는 건 상상만으로도 짜릿한 일이다. 그러나 내 옆의 아이를 밟아야 사다리 위로 올라갈 수 있는 무한경쟁체제, 사다리 타고 올라간 아이가 다른 아이들이 못 올라오게 자기가 올라온 사다리를 걷어차 버리는 냉혹한 현실, 사다리를 타고 올라온 아이에게 주어지는 더 좁은 사다리, 십수 년째 바뀌지 않는 사다리 사용 설명서(교육 시스템), 결국 점수로 환산되는 삶. 그 속에서 지쳐 가는 아이들을 바라보는 동안, 아이들의 변화를 이끌어내는 일만큼 의미 있는 일은 없다는 확신은 '이런 현실에도 불구하고 가르치는 일에는 의미가 있지 않을까?' 하는 억지 희망으로 바뀌어갔다. 하지만 나는 이미 알고 있었다. '의미가 있지 않을까?'는 '의미가 없을 가능성이 높다'의 다른 이름이라는 것을.

교문 밖에서나마 삶의 의미를 찾지 못했다면 나는 스스로 무너졌을 것이다. 그나마 나를 지탱해 준 건 교문 밖의 삶이었다. 나는 교문 밖에서는 뺨을 스치는 바람에도 행복해하는 사람이 되었다가도 교문 안에만 들어가면 금세 무표정한 얼굴이 되곤 했다. 출근길 교문을 통과할 때의 내 실루엣은 100일 휴가를 마치고 위병소를 통과하는 이등병의 축 처진 어깨를 닮아 있었다. 무엇보다 견디기 힘들 때는 아이들의 생기 없는 표정 위에 내 어린 시절의 모습이 겹칠 때였다. 하필 그때 내가 다니던 학교는 내가 30년 전에 다녔던 모교였다. 교실 속 우리 반 아이들의 얼굴 위로 내 어린 시절의 얼굴이 자주 오버랩 됐다. 그때 그 공간, 그때 그 자리, 그때 내 눈빛.

그 시절의 나도 저 아이들처럼 지루한 수업 시간이 끝나고 쉬는 시간이 오기만을 기다렸었지. 도대체 이런 걸 왜 배우는지, 세상을 살아가는 데 이런 것들이 필요하기는 한지 의아해하면서. 그런데 지금 내가 그 교실의 모습을 재연하고 있음을 깨달을 때의 무력감이란. 그렇다고 나 혼자 '얘들아, 사실 우리가 살아가는 데 진짜 필요한 것들은 교과서에 없어. 교과서는 덮고 지금이라도 우리 삶에 필요한 공부를 하자. 교과서 밖으로 나가자.' 하며 영화 코스프레를 할 수 없는 노릇이었다. 내게 필요한 건 심폐소생술이었다. 교문 안에서 삶의 의미를 부여해줄 심폐소생술. 가르치는 일의 의미만 되찾을 수 있다면,

남은 인생은 또 어찌어찌 꾸려나갈 수 있지 않을까? 그때 IB가 내게 왔다. 축 처져 있는 내 어깨를 토닥이면서.

"띵—동. 다음 목적지는 K—초등학교입니다. 내리실 분은 벨을 눌러주세요."

벨을 눌렀다. 돌이켜보면 그 벨은 교직 인생의 다음 페이지로 바로 넘어가는 간주 점프 버튼이었다. 어쩐지 누를 때 심장이 두근대더라.

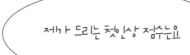
제가 드리는 첫인상 점수는요

　버스에서 내리니 벤치 하나가 보였다. 왠지 벤치가 눈에 익었다. 저 벤치를 언제 봤더라? 분명 어디선가 봤는데? 벤치 옆 저 쉼터도 그렇고. 맞다! 그때 그 벤치구나!

　사연은 몇 년 전으로 거슬러 올라간다. 나는 홀로 울트라 트래킹(하루 안에 100km 걷기)에 도전 중이었다. 체력과 의지력의 한계가 궁금해서 즉흥적으로 떠난 모험이었다. 체력은 예상보다 빠르게 소진되고 있었다. 일단 3분의 1 지점까지 걸어보고 쉬면서 계속 갈지 포기할지 결정하기로 했다. 바로 그 3분의 1 지점에 벤치가 있었다. 벤치에 벌렁 드러누워 한참을 갈등하다 벌떡 일어나 걸었다. 지금 눈앞의 벤치가 그때 그 벤치였다. 나와 마을의 유일한 연

결고리. (울트라 트래킹 도전 결과는 어떻게 됐냐고? 물론 성공했다. 나 이런 사람이다.)

　그만큼 생소한 곳에 IB 학교 초빙교사 공모지원서를 들고 걸어간다. 가파른 언덕길을 오르다 보니 시야 가득 짙푸른 바다가 펼쳐졌다. 지금 이 순간 저 바다는 제주 앞바다가 아니다. 태평양이다. 끝 모를 수평선만큼이나 깊은 사유를 부르는, 세상에서 가장 넓고 깊은 바다. 가끔 바라보기엔 에메랄드빛 바다가 낫겠지만 매일 지나가기엔 짙푸른 바다가 낫다. 속에 뭘 품었는지 알 수 없으니 매번 다른 상상을 부르리라. 기분 좋을 땐 귀여운 돌고래를 품었다가, 기분이 별로일 땐 무시무시한 백상아리를 품었다가 하겠지. 이런 바다를 보며 출근할 생각을 하니 마음이 한결 가벼워졌다. 오르막길을 10분 정도 걸어 올라가니 아름드리 동백나무 숲이 입구에서 나를 반겼다. 반경 1km 내에 편의점 하나 없는 전형적인 6학급 학교.

　나도 돌고 돌아 6학급 학교에 근무하게 되는구나. 격세지감이다. 내가 신규 교사였을 당시만 해도 6학급 학교는 공포의 대상이었다. 당시의 6학급 학교는 기본 1시간이 소요되는 출퇴근 거리와 감당할 수 없는 업무량으로 악명이 높았다. 초임 근무를 6학급 학교에서 했던 불쌍한 내 친구가 떠오른다. 우리는 눈코 뜰 새 없이 바쁘게 지내다 발령 후 한 학기가 지나서야 다시 만났다. 친구는 다크 서클이 얼굴 절반을 덮은 몰골로 등장했다. 멀리서 봤을 땐 쿵푸 팬더가 걸어오는 줄 알았다. 혹시 이 글을 읽고 '이 거 내 얘기?' 하는 대학 동기가 있다면, 미안하지만 너 맞다. 대학 시절엔 참 얌전한 친구였는데, 안 보던 사이에 그는 교육계의 투사가 되어 있었다.

"공문 하루에 10개 써 봤어? 안 써봤으면 말을 말어. 수업 하는 도중에도 교실로 전화가 와. 공문부터 빨리 처리하라고."(심지어 당시는 모든 공문을 수기로 결재받았다. 공문 결재를 받으러 가면 교장, 교감 선생님 중 한 분은 자리에 없는 게 국룰이었다.)

당시는 큰 학교에 발령 나는 게 신규 교사의 유일한 소원이던 시절이었다. 나는 임용고시 90등의 성적으로 본의 아니게 시내 가장 큰 학교에 발령 나는 바람에 교육계에 빽이 있는 것 아니냐는 의심을 한 몸에 받아야 했다. 1

어서와, IB는 처음이지?

차 발령 인원이 92명이었는데, 90등이 시내 가장 큰 학교에 발령이 났으니 친구들의 의심을 살 만도 했다. 큰 학교도 나름의 고충이 있음을 말하며 6학급에 근무하는 친구를 위로해 주는 게 내가 할 수 있는 전부였다.

"우리 한 학기만 버티면 군대 가잖아. 군대 갔다 오면 큰 학교 보내주겠지."

한 명의 목소리는 술잔 부딪히는 소리에도 묻히지만, 여러 명의 목소리는 산도 넘는다. 업무 처리하느라 정작 수업 준비할 시간조차 없다는 현장의 비명이 데시벨을 높여 갔다. 결국 업무지원교사제(업무 전담 교사가 업무 대부분을 가져감으로써 담임의 업무 부담을 줄여주는 제도. 대신 담임의 수업 시수는 많아진다.)가 도입되었다. 수업 시수가 많아도 좋으니 업무 좀 줄여달라는 선생님들에게 업무 전담 교사가 있는 6학급 학교가 매력적인 대안으로 떠올랐다. 나 또한 IB 학교에 지원하지 않았다면 지금쯤 시내 6학급 학교에 근무하고 있지 않을까 싶다. 노파심에 말하지만, 이 글을 읽고 6학급 학교에 아묻따 지원은 하지 마시길. 일장일단은 인생의 진리다. 세상에 모든 게 다 좋은 건 존재하지 않는다.

학교 본관에 들어서자마자 학교 현황부터 살폈다. 가장 먼저 눈에 들어온 건 전체 학생 수였다. 얼추 학급당 학생 수를 평균 내어보니 10명이 채 안 됐다. 학급당 학생 수가 10명이 안 된다고? 이거야말로 내가 그토록 바라던 소수 정예 아닌가! 이런 환경이면 뭔들 못하리오. 이런들 어떠하리 저런들 어떠하리. 우리 이같이 얽어져 백 년까지 누리리라. 초빙학교 공모지원서를 제출하러 교무실로 들어가니 교감 선생님께서 반가운 얼굴로 맞아주셨다.

"우리 학교는 올해 IB 월드스쿨 인증을 받았어요. 이제 막 IB 교육과정을 시작하는 다른 학교에 비해서는 수월하겠지만, 선생님은 IB의 모든 게 생소할 테니 적응하는 데 몇 배의 시간과 열정이 필요할 거예요."

이 말씀의 의미는 석 달 뒤에야 그 깊은 뜻을 이해하게 됐다. 열정만 있으면 누구나 할 수 있지만, 열정이 없으면 아무나 할 수 없는 교육과정. 그게 바로 IB다. 교무실을 나와 학교를 둘러봤다. 학교와 교실이 아담하니 마음에 쏙 들었다.

다만 마음에 걸리는 게 있었다. 교감 선생님과 교무부

장, 연구부장 선생님과 인사를 나누는 사이에도 교무실이
분주했다는 점. 연구부장 J와 6학년 담임 Y가 2절지에 학
생 작품을 오려 붙이고 있었고, 다른 선생님들도 교무실
과 교실을 바쁘게 오가고 있었다. 잠시 짬이 났을 때 6학
년 선생님께 다가가 여쭤봤다. 예전에 술자리에서 봐서
안면이 있는 후배였다.

"여기서 다시 만나네. IB 할 만해?"

Y가 날린 의미심장한 미소가 기억난다. 그 웃음의 의
미가 '사람 사는 곳이 다 똑같죠. 할 만해요.'인지, 아니면
'저만 당할 수 없죠. 형도 한 번 당해봐요.'인지는 몇 달 후
판가름 날 것이다. 좀 더 학교 뒷조사를 하려던 찰나, Y는
남은 업무를 처리하러 급하게 교실로 돌아갔다. 바쁜 교
무실에서 내가 도울 일이 없음을 깨달은 나는 눈치껏 인
사를 드리고 교무실을 빠져나왔다. 지원서도 냈겠다, 학
교 뒷조사도 끝냈겠다, 이젠 무조건 직진이다. 결연한 마
음으로 신발 끈을 고쳐 매고 교문 밖을 나섰다. 발목에 찼
던 모래주머니를 떼어낸 듯 발걸음이 가벼웠다. 내리막길
을 내려오는 내내 이승환의 노래 〈좋은 날〉 가사가 귓가

를 맴돌았다.

"밉기만 하던 동네 아이들이 왜 이리 귀엽게 보이고~ 거리는 온통 그대 향기니 정말 그대를 사랑하게 된 건가~ 조-금 조-금 떨렸던 마음은 반기는 그대 웃음에 날아가 버리고~"

느낌이 좋다. 지금의 좋은 기운을 이어받아 초등학교 선생님 아니랄까 봐, 상황극으로 K-초등학교의 첫인상 평점을 매겨보겠다.

"안녕하세요? TBS 아나운서 김토끼입니다. 국내 최초 전국 학교 첫인상 서바이벌 오디션 〈전국학교자랑〉! 참가번호 11번은 K-초등학교입니다. 한라산 정기 받은 오름 기슭에 들어선 50년 전통의 명문 초등학교라고 하는데요. 올해에는 제주도 최초로 IB 월드스쿨 인증을 받았다고 합니다. 올해 K-초등학교에 초빙교사로 지원한 정모 교사가 새로운 시스템에 완벽히 적응하여 기염을 토하게 될지, 아니면 업무에 치여 먹던 걸 토하게 될지 귀추가 주목되는데요. 그럼 올해 K-초등학교 초빙교사로 지원한 정모씨 아들 모한량 선생님께 마이크를 넘기겠습니다. 정한량 선생님, K-초등학교의 첫인상 점수를 매겨주시죠."

"학교에 온 지 얼마 되지도 않은 제가 저희 학교 점수를 매겨도 될지 모르겠습니다만, 저에게 K-초등학교의 첫인상 점수를 매길 영광을 주셔서 감사합니다. 제가 드리는 K-초등학교의 첫인상 점수는요?

별로입니다.

내 마음의 별☆로."

첫 교직원 회의 속에서
민주의 샴푸 향이 느껴진 거야

나에겐 파블로프의 개 같은 단어가 몇 있다.(써놓고 보니 어감이 좀 그렇다. '개같은' 아닙니다. '개' 같은.) 그중 하나가 교직원 회의다. 파블로프의 개가 음식 냄새에 조건반사적으로 반응하여 혀를 내밀었다면, 나는 교직원 회의를 알리는 메신저에 자동반사적으로 반응하여 한숨을 내쉬곤 했다. 교직원 회의. 진짜 이름 하나는 기가 막히게 잘 지었다. 교직원 회의는 늘 나에게 회의감을 준다.

내가 회의를 싫어하게 된 데는 다 그만한 이유가 있다. 나는 교포('교장 되기를 포기한 교사'의 줄임말) 출신이다. 승진 점수가 필요 없다는 뜻이다. 그러나 교직 경력이 10년을 넘어가자 하기 싫어도 부장을 떠맡게 되는 타이밍이 찾아왔

어서와, IB는 처음이지?

다. 나에게까지 넘어온 부장 폭탄을 후배 교사에게 떠넘길 수 없으니 결국 내가 짊어지게 되는 타이밍이, 드디어 나에게도 오고 만 것이다.(그렇다고 모든 선생님이 승진 점수도 필요 없는데 부장 맡는 건 아닙니다. 일종의 희생이죠. 칭찬 좀 해주십쇼) 내가 처음으로 달게 된 부장 타이틀은 그 이름도 찬란한 국제정보부장 겸 학년 대표였다. 정보부장 앞에 붙은 국제라는 타이틀 때문에 영어 캠프 업무까지 떠맡게 될 줄, 난 정말 몰랐었네.

벤저민 프랭클린은 말했다.
"죽을 때까지 피할 수 없는 게 2가지 있다. 죽음과 세금이 그것이다."
부장은 여기에 하나를 더 추가해야 한다. 죽음과 세금, 그리고 부장 회의. 부장은 절대 부장 회의를 피할 수 없다. 부장 회의는 일주일에 한 번씩 열렸다. 부장 회의는 절대로 쉽게 끝나는 법이 없었다. 회의가 길어질 때마다 내 머릿속에서는 BGM 하나가 자동재생되었다. 부활의 〈네버 엔딩 스토리〉.

부장 회의는 말 그대로 부장들만의 회의다. 회의를 하다 보면 전체 선생님들과의 의견 조율이 필요한 안건들이 생겼다. 이런 경우엔 동 학년 의견을 학년별로 다시 모아 와야 했다. 회의가 끝나자마자 학년으로 돌아가 동 학년 회의를 소집하고 동 학년 의견을 모아 올리면 바로 결정이 되느냐? 그럴 리가. 또 그 안에서 의견 조율을 해야 했다. 그런데 이런 안건이 한두 개가 아니다 보니 회의는 길어지고, 그리워하면 언젠가 만나게 되는 어느 영화와 같은 일들이 일어나는 〈네버 엔딩 스토리〉와는 달리, 회의 끝에 엉뚱한 결론이 나 있을 때가 많았다. 이런 일들을 몇 번 겪고 나면 시니컬한 생각의 무한 루프에 갇히게 된다.

'이거 뭐임? 결국은 답정너 아님? 이럴 거면 왜 꿔다 놓은 보릿자루처럼 갖다 놓음? 이런 문화는 십 년 넘게 바뀌지도 않는 듯? 이젠 바꿀 때도 되지 않음? 하긴 바꾸자고 얘기해도 결국 답은 정해져 있을 듯? 다른 선생님들도 바꾸려고 노력 안 해봤겠음? 답답해도 한숨 한 번 쉬고 넘어가 버리면 스트레스 덜 받으니 넘어가는 거 아니겠음? 아무리 그래도 이건 아니지 않음? 아휴, 다시

어서와, IB는 처음이지?

또 첫 질문으로 돌아왔음. 이럴 거면 회의를 왜 함?'

생각의 쳇바퀴를 도는 동안 직업 만족도는 점점 바닥을 향해갔다. 솔직히 K-초등학교 첫 교직원 회의에 참여하는 심정도 이와 다르지 않았다. 작은 학교라고 뭐가 다르겠어? 투덜투덜 대며 터벅터벅 회의 장소로 걸어 들어갔다. 그런데, 뭐가, 달랐다!

첫 회의 장소는 교무실이었다. 도착해 보니 테이블 세 개에 선생님들이 옹기종기 모여 앉아 담소를 나누고 있었다. 이 간소함과 프레쉬함 무엇? 쏘 씸플, 쏘 프레쉬, 느낌 쏘 굿! 완전 내 스타일이었다. 선생님들도 하나같이 밝은 표정이다. 일단 시작 점수는 10점 만점에 9.8점. 내가 아직 이런 분위기에 적응이 안 돼서 0.2점 뺐다.

곧이어 회의가 시작되었다.

'네? 벌써 시작한다고요? 헐, 이게 다 온 거였어.'

나도 나이가 들긴 들었나 보다. 어릴 땐 사람 많은 곳만 찾아다녔는데 나이 들수록 사람 적은 곳이 좋다. 교무실도 그렇다. 이런 교직원 회의라면 환영은 못 해도 부담은 안 될 것 같다. 첫 회의 안건으로 친목회 규정 개정 건이 올라왔다. 솔직히 테이블 위에 올라와 있는 친목회 규정은 읽어보지도 않았다. 새로 옮긴 학교에서는 대세에 따르는 게 최선이니까. 첫 회의부터 태클 걸고넘어지면 기존 선생님들의 마음속에서 '정원 외 관리'가 될 수 있다. 조용히 묻어가자.

"친목회를 운영하다 보니 친목회가 굳이 필요한가 하는 생각이 들어서 회의 안건으로 올려봤어요. 선생님들 의견을 듣고 싶어요."

어라? 친목회 규정을 손보는 게 아니라 친목회 존속 여부를 묻는 거였어? 대박. 더 놀라운 건 친목회의 존속 여부를 묻는 당사자가 교장 선생님이라는 사실이었다. 이학교, 뭔가 다르다! 회의에 참석한 선생님들의 눈치 굴리는 소리가 내 귓가에도 전해지는 듯했다. 내 마음속에도 두 자아의 충돌이 일어나고 있었다. 한빛아, 나대지 마! 넌 이 학교의 전입교사야. 일단은 대세에 따라야 해! 아니지, 그래도 할 말은 해야지! 세상은 누군가 해야 할 말을 용기 있게 했던 사람들에 의해 바뀌어 왔다고! 바로 그때, 교장 선생님께서 내 의견을 물어보시는 게 아닌가?

"한빛샘 생각은 어때요? 이 사안은 전입해 오신 선생님이 더 객관적으로 의견을 제시할 수 있을 것 같아요."

"(앗, 이건 예상에 없던 시나리오인데? 이를 어쩌지?) 아, 저요?(잠시 뇌 정지) 제 생각에는…"

친목회라… 불현듯 예전 학교에서 겪은 일이 뇌리를 스쳤다. 내가 졸업한 교대에는 총동창회라는 게 있다. 총동창회는 매년 총동창회비를 걷는다. 안타깝게도 총동창회의 존재를 인식하는 건 1년 중 이때뿐이다. 회비를 내라고 할 때만 '아, 맞다. 그런 게 있었지?' 하며 존재를 인식한다는 사실 하나만으로도 존재 이유가 없는 조직이 아닐까 싶다마는, 아무튼 그날이 딱 그런 날이었다. 교감 선생님으로부터 총동창회비 수납 알림이 날아온 것이다.

"각 학년 대표 선생님께 알립니다. 학년별로 총동창회비를 걷어 아래 계좌로 입금 바랍니다."

보통 이런 경우엔 학년 친목 계좌에서 바로 돈을 송금하거나 각 학년 대표 선생님이 각반 선생님들로부터 돈을 걷어 교감 선생님께 송금한다. 나 또한 늘 해오던 대로 총동 창회비를 내 계좌로 보내달라고 동 학년 선생님들께 메시 지를 보냈다. 그런데 옆 반 선생님으로부터 답장이 왔다.

"선생님, 죄송하지만 저는 총동창회비를 내 본 적이 없 어요. 이번에도 저는 안 내겠습니다."

와, 패기 보소. 당황한 표정을 감추고 이유를 물어봤다. 선생님은 총동창회비를 내야 하는 이유를 모르겠다고 했 다. 나는 견고한 생각 프레임에 균열을 내는 사람을 좋아 한다. 교실을 찾아갔다. 대화가 거듭될수록 내 안의 또 다 른 나와 대화하는 느낌이었다. 하긴 나도 젊은 선생님들 이 총동창회 체육대회에 차출될 때마다 '체육대회 하고 싶으면 하고 싶은 분들끼리 모여서 하세요. 괜히 바쁜 선 생님 부르지 마시고요.'라고 생각했던바, 그동안 나는 왜 이게 옳지 않다는 걸 알면서도 의무적으로 돈을 내왔나 하는 생각이 들었다.

솔직해져야겠다. 얼마 되지도 않는 돈 내버리고 마는 게 긁어 부스럼 일으키는 것보다는 나아 보이니 가마니처 럼 가만히 있었다고. 부끄러웠다. 그동안의 내 선택이 잘

못되었음을 깨달았다면 행동해야 한다. 나도 총동창회비를 내지 않기로 했다. 평소 나를 잘 따랐던 동 학년 모든 선생님이 내 의견에 동조했고, 결국 우리 학년은 총동창회비를 내지 않기로 했다. 동시에 나에겐 숙제가 주어졌다. 우리 학년은 아무도 총동창회비를 내지 않는다는 사실을 교감 선생님께 어떻게 알릴 것인가? 나는 말보다는 글이 편한 사람이기에 생각을 글로 정리해서 메시지를 보냈다.

"저희 학년은 총동창회비를 내지 않겠습니다. 총동창회를 해야 하는 이유도, 총동창회비를 내야 하는 이유도 찾지 못했기 때문입니다. 지금부터는 저의 개인적 의견입니다.

저는 총동창회가 없어져야 한다고, 총동창회야말로 대한민국에서 사라져야 할 집단주의 문화의 잔재라고 생각합니다. 동그라미를 그려놓고 그 안에 들어온 사람들끼리는 밀어주고, 땡겨주고, 챙겨주면서 동그라미 바깥의 사람들은 배제하는 다른 단체들과의 차이를 모르겠

습니다. 저는 총동창회에 소속되기 위해 교대를 나온 게
아니라 선생님이 되려면 교대를 나와야 한다고 해서 교
대를 나왔을 뿐입니다. 교대를 졸업했다는 이유만으로,
졸업과 동시에 당사자의 동의 없이 교대 총동창회 소속
이 되어버리는 지금의 시스템은 개선이 필요해 보입니
다. 그럼에도 불구하고 총동창회를 유지해야겠다면 하
고 싶은 분들끼리 자발적으로 모여 본인들의 뜻을 이뤄
가시면 될 듯합니다.

(덧붙임)

'총동창회는 존속되어야 하는가?'를 주제로 총동창회장
님과 공개토론이 이뤄진다면 대표로 참가할 의향이 있
습니다."

이 열혈 청년의 패기를 보라. 내가 봐도 패기 하나는 쩔
었다. 답장이 어떻게 왔냐고?

네.

단 한 글자.

네.

이때부터 사태가 커졌다. 우리 학년에서 아무도 총동창회비를 내지 않는다는 소식을 듣고 총동창회비 납부를 거부하는 움직임이 다른 학년에도 퍼져나갔다. 나는 본의 아니게 '총동창회비 납부 거부 운동'의 주동자가 되어버렸고, 며칠 후 다음과 같은 전체 쪽지를 받게 된다.

"총동창회비는 장학 사업 등 다양한 용도로도 사용되며…(이하 생략)."

다행히 총동창회비를 다시 걷는 일은 일어나지 않았다. 나만 미운털 박혔겠지. 다른 학교는 어떤 식으로 총동창회비를 걷는지 궁금해서 조사해 봤다. 교감 선생님이 먼저 총동창회비를 입금하면 다른 선생님들은 교감 선생님 개인 계좌로 입금하는 학교도 있었다. 이런 경우라면 누가 총동창회비를 내지 않을 수 있겠는가? 내가 내지 않으면 교감 선생님이 자비로 대신 내게 되는데. 그로부터 몇 년이 지난 지금, 총동창회는 사라지지 않았다. 하지만 적어도 지금은 총동창회비를 강제로 걷는 문화는 사라졌다. 이만하면 해피엔딩. 끝.

다시 본론으로 돌아와서, 교장 선생님의 기습 질문에 당황한 나는 잠깐의 머뭇거림 끝에 소신을 밝혔다. 내가 지금 두 발 딛고 서 있는 이곳은 자율성과 주도성, 토론 문화를 중시하는 IB 월드 스쿨이니까!

"친목회는 없어도 될 것 같습니다. 결혼식을 예로 들어 볼게요. 학교 친목회에서 부조한다고 해도 친한 선생님 한테는 개인 부조를 따로 해야 합니다. 이중 부조가 되는 거죠. 개인 부조로 얼마를 더 해야 할지 괜한 고민만 늘어나요. 친목회비를 어디에 얼마를 쓸지 결정하는 의사 결정 과정에도 필요 없는 에너지가 소모됩니다. 예를 들어 우리 학교 선생님 중 한 분에게 축하해 줄 일이 생겼어요. 선물을 뭐로 하면 좋을까요? 꽃다발? 상품권? 떡? 한다면 얼마를 하면 될까요? 공금이니 마음대로 결정할 수도 없어요. 이런 의사결정과정 하나하나가 친목회장과 총무에게는 스트레스죠. 게다가 친목회 총무는 따로 장부를 마련해서 일이 있을 때마다 기록하고 연말엔 1년 간 쓴 금액을 정산해서 남는 금액을 나눠줘야 해요. 당사자에겐 상당히 귀찮은 일입니다. 사실상 하나의 업무를 추가로 받게 되는 셈이죠. 관례상 총무는 저경력 선생님들이 주로 맡습니다. 이 선생님들은 무슨 죄인가요?"

다행히 다른 선생님들도 내 의견에 동의해주셨다. 그 자리에서 친목회 폐지가 결정되었다. 친목회 가입이 당연시되는 학교에서만 근무했던 나로서는 놀라운 경험이었다. 게다가 친목회 폐지 떡밥을 처음 던지신 분이 교장 선생님이었다니. 이 정도면 유주얼 서스펙트급 반전 아닌가? 마음 같아서는 교실로 돌아가 다음과 같은 쪽지를 보내고 싶었다.

교직원 회의 별로 안 좋아합니다만, 이런 회의라면 언제든 환영입니다. IB에 대해서는 일자무식이라 올 한 해 IB의 브레인 역할은 못 할 것 같습니다. 대신 든든한 어깨, 튼튼한 팔다리는 되어드릴게요. 힘쓸 일 있거나 머릿수 채울 일 필요하시면 주저하지 마시고 불러주세요. 저, 여기 일하러 왔습니다.

— IB 학습 부진 예정 교사

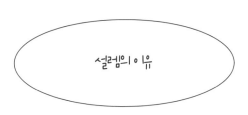

설렘의 이유

명사 앞에 붙는 '첫'은 예쁜 브로치 같은 단어다. 첫눈, 첫사랑, 첫 만남. 평범한 옷에 예쁜 브로치를 달면 옷의 분위기가 바뀌듯 명사 앞에 '첫'을 붙이는 것만으로도 단어의 느낌이 화사해진다. 물론 늘 그런 건 아니다. 일례로 첫 출근이 그렇다. 학교를 옮길 때마다 새 학교로 첫 출근하는 발걸음이 점점 무거워짐을 느낀다. 돌이켜보면 첫 출근에 설레어본 건 내 인생의 첫 출근, 그러니까 첫 학교에 발령받아 처음으로 아이들 앞에 섰던 2005년 3월 2일이 유일했다.

그로부터 18년의 세월이 흘렀다. 쨈바(쨈에서 나오는 바이브)를 탑재하고 처음 6학급 학교로 출근하는 길이다. 이유 모를 설렘이 내 마음을 두드렸다. 별안간 이 설렘은 뭐지? 나 지금 떨고 있니? 설렘의 이유를 세 가지로 압축해 봤다.

1. 출근하는 학교가 IB 학교이기 때문에(아직 뭐가 뭔지 모르기 때문에)
2. 6학급 학교 근무는 처음이라서
3. 학급당 학생 수가 20명 이하인 학급은 처음이라서

일단 1번은 아니다. 아직은 IB에 대해 아는 게 거의 없다. 아무래도 나를 설레게 하는 건 2번과 3번 때문인 듯하다. 작은 학교에서 7명의 아이를 가르치는 건 어떤 느낌일까? 게다가 K-초등학교 아이들은 착하다고 소문이 자자했다. 요즘 세상에 이렇게 순수한 친구들이 남아 있다니, 내 두 눈으로 확인하고 싶었다. 갈라파고스 탐사를 앞둔 찰스 다윈의 심정이 나와 같지 않았을까? 설레발을 치면 설렘이 날아가 버릴까 봐 교실 문 앞에서 표정 관리를 하고 교실 문을 열었다. 순간 올해 우리 반 담임 선생님이

누구일지가 유일한 관심사인 아이들의 시선 7개가 나에게 꽂혔다. 이런 스포트라이트라면 언제든 환영이다.

"안녕하세요?"

나도 모르게 하이톤 목소리가 튀어나왔다. 어? 지금 이 느낌? 어디선가 느껴본 감정인데? 맞다! 군대 전역 신고 마치고 위병소를 통과할 때의 그 느낌! 세상에 나가면 뭐든 할 수 있을 것 같던, 군화가 슬리퍼보다 가볍게 느껴지던 그때 그 마음! 교실 문을 열고 7명의 아이를 마주한 그때 내 마음이 그랬다. 교실 안 텅 빈 여백이 이렇게 반가울 수가 없었다. 이거야말로 우리 조상들이 그림 그릴 때 그렇게 강조했다던 여백의 미 아닌가? 지금 이 순간만큼은 아이언맨의 슈트가, 토르의 망치가, 캡틴 아메리카의 방패가 부럽지 않다. 올 한 해 7명의 행복만 책임지면 되는데 뭘들 못하랴? 지금 이 순간에도 산전수전 공중전 다 겪으며 시시포스의 마음으로 교실을 지키고 있을 대한민국 교사들은 아마 한 명도 빠짐없이 내 마음에 공감할 것이다.

아이들은 여전히 내 입에서 무슨 말이 튀어나올지 예

의주시하고 있었다. 인류애를 한껏 드러내고 싶지만, 학기 초 기싸움에서 밀리면 1년이 피곤한 법. 신규 때 멋모르고 친구 같은 선생님이 되고 싶다고 말했다가 아이들이 진짜 친구처럼 대하는 바람에 얼마나 힘들었던가? 그때의 기억을 잊지 말자. 천사 코스프레는 헤어질 때 해도 늦지 않다. 얼굴에 웃음기 싹 빼고, 목소리 중저음으로 깔고, 시크하게 멘트를 날렸다.

"선생님 이름은 한빛이에요. 한빛. 한 줄기의 빛. 여러분이 터널 속에서 길을 헤매고 있을 때, 칠흑 같은 어둠 저 너머에서 비치는 한 줄기의 빛과 같은 사람이 되고 싶습니다."

내 멘트에 나부터 손발이 오글거렸다. 오그라든 손발을 겨우 펴고 아이들 얼굴을 살폈다. 이미 한 줄기 빛을 발견한 듯한 표정이었다. 첫날부터 이러면 안 되는데, 나도 모르게 입꼬리가 올라가고 말았다.

2장

주저하는 IB 교사들을 위해

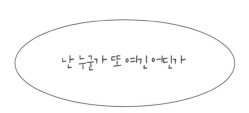

난 누군가 또 여긴 어딘가

2월 초, IB 학교 전입 교원 대상 연수에 참여하라는 연락을 받았다. 무려 3일짜리 집합 연수였다. 아직 학기 시작도 안 했는데 벌써부터 연수를? IB는 뭐가 달라도 다르구나. 연수 이름은 'IB PYP(Primary Years Programme, 초등교육 프로그램) 프레임워크 적용과 실습'. 연수 이름부터 살벌했다. 연수 시간표는 더 살벌했다. 3일간 하루 8시간의 연수가 멍 때릴 틈 없이 촘촘히 짜여 있었다. 나는 애초에 집합 연수랑은 안 맞는 사람이다. 연수 초반에 연수 주제에 흥미를 느끼지 못하면 집중력이 미어캣 수준으로 떨어진다. 그러나 이번 연수만큼은 허투루 들을 수 없었다. 3일간 기초를 잘 다져놓지 않으면 다른 선생님들께 민폐를

끼칠 게 뻔하기 때문이었다.

내 교직 좌우명이 뭔가? '주위에 민폐 끼치지 말자'이다. 다른 선생님들에 비해 기초가 부실할 수밖에 없는 나는, 사막의 오아시스 같은 이번 연수를 흘려들을 수 없었다. 연수물을 훑어봤다. 답답-했다. 도무지 아는 단어가 있어야 말이지. 이때의 심정을 작가 니코스 카잔차키스의 묘비명에 빗대어 보자면,

---

나는 아무것도 바라지 않는다.

나는 아무것도 두렵지 않다.

나는 자유다.

— 니코스 카잔차키스의 묘비명

나는 (IB에게) 아무것도 바라지 않는다.

(다만 너무 많은 걸 시키지는 마세요.)

나는 (IB에 대해 아무것도 모르기에) 아무것도 두렵지 않다.

(다만 너무 많은 걸 시키지는 마세요.)

(IB가 시작되기 전까지는) 나는 자유다.

— 어느 IB 전입 교원의 넋두리

어서와, IB는 처음이지?

니코스와 나의 차이점이 있다면, 니코스는 저 묘비명을 남기고 영원한 안식에 들어간 반면, 나는 지금부터가 시작이라는 것. IB는 나를 어디로 데려갈까? 아니, 나는 IB를 어디로 데려갈 수 있을까? IB 학습지에서 단비가 했던 대답이 떠올랐다. '앞으로 나는 어떤 사람이 될까요?'라는 질문에 단비는 다음과 같이 답했다.

"지금은 알 수 없습니다. 미래의 제가 정해줄 것입니다."

그렇다. 지금은 알 수 없다. 일단 나를 믿자. 나는 결국 답을 찾아낼 테니까. 연수가 시작되었다. IB 학습자상? 초학문적 주제? 주요 개념? 학습접근 방법? 이거 먹는 건가요? 듣도 보도 못한 언어들의 향연이 펼쳐졌다. POI(Programme Of Inquiry, 초학문적 탐구프로그램)? UOI(Unit Of Inquiry, 탐구 단원)? LOI(Line Of Inquiry, 탐구 목록)? 영어는 또 왜 이리 많은 거야? 뭐든 듣고 또 듣고 하다 보면 들리는 법인데, IB 용어들은 들어도 들어도 낯설기만 했다. 미어캣처럼 고개를 돌려 주위 눈치를 살폈다. 다행히 나만 어려운 건 아닌 듯했다. 교실 안에 물음표가 둥둥 떠다녔다. 우리의 난감한 표정을 눈치채셨는지 강사님께서는 처음

엔 낯설고 어려울 수밖에 없다며, 본인들도 처음엔 그랬
다며 용기를 북돋아 주셨다.

다행히 강의가 진행될수록 생소한 개념들이 조금은 익
숙해졌다. 머릿속을 떠다니던 물음표의 크기도 작아져 갔
다. 이 물음표를 마침표로, 마침표는 느낌표로 바꿔나가
는 게 앞으로 내 할 일이 될 것이다. 연수를 마치고 집으
로 돌아오며 3일간의 연수를 복기했다. 무지하면 용감하
다고 근거 없는 자신감이 솟아올랐다. 아직은 IB에 대한
설렘이 두려움보다는 크다는 게 다행이라면 다행이다.

IB가 뭐예요?

강사 소개

안녕하세요? IB 초심자들을 위한 야매 특강 'IB란 무엇인가?'를 맡은 IB 비공식 이타 강사 정한빛입니다. 왜 일타 강사가 아니고 이타 강사냐고요? 벌써부터 신뢰성에 의심이 간다고요? 에이— 속고만 사셨나? 일타 강사보다 강의를 못 해서 이타 강사가 아닙니다. 무럭무럭 자라날 IB 새싹들을 위해, 1년 차 IB 햇병아리 교사의 눈높이에 맞춰 최대한 이타(利他)적으로 강의해 보겠다. 이런 의지의 표현이라고 봐주시면 감사하겠습니다.

그래도 미심쩍다고요? 훌륭한 스포츠 선수는 훌륭한 감독이 되기 어렵다는 말, 들어본 적 있으시죠? 얼마 전까지 우리나라 축구 대표팀을 맡았던 클모 감독도 선수 시절엔 날고 기던 선수였습니다. 그런데 왜 감독이 된 다음부터는 가는 팀마다 말아먹은 걸까요? 왜 훌륭한 선수 출신 감독은 훌륭한 감독이 되기 힘든 걸까요? 선수 시절 난다 긴다 했던 사람은 아무리 노력해도 기량이 안 나오는 보통 선수들의 마음을 이해하기 힘들어요. 리오넬 메시가 동네 조기 축구팀 감독을 맡으면 그 팀이 잘 돌아가겠습니까? 메시가 조기 축구팀 감독이 돼서 동네 배 나온 아저씨들이 오합지졸로 뛰는 모습을 지켜보고 있으면 얼마나 답답하겠습니까? 아니, 이게 안 돼? 이게 안 된다고? 아니, 왜 안 돼? 이러다 제풀에 쓰러지겠죠. 그렇다면 저는? 그렇습니다. 저는 IB 학습 부진 교사 출신이기 때문에 여러분의 마음? 말하지 않아도 알아요. 눈높이 교육이 가능하단 말씀! 절 믿고 따라와 보시죠.

IB학 개론

먼저 IB의 뜻에 대해 알아봅시다. 도대체 IB가 뭘까요? IB는 International Baccalaureate(국제 바칼로레아)의 약자

60   어서와, IB는 처음이지?

입니다. 혹시 바칼로레아라는 단어 들어보신 분? 저는 바칼로레아라는 단어를 처음 접했을 때 프랑스 대입시험제도 바칼로레아를 떠올렸어요. 우리나라 주입식 교육의 문제점을 말할 때면 항상 비교 대상으로 등장하는 단어죠. 가령 '우리나라는 수능 다음 날 올해의 수능 기출문제를 분석하기 바쁜데, 프랑스는 바칼로레아 다음 날 전 국민이 그 해 출제된 바칼로레아 시험 문제를 푼다더라.' 이런 식의 비교 말이죠. 이쯤 되면 프랑스 바칼로레아 시험 문제로 어떤 문제들이 출제되는지 궁금하시죠? 그동안 출제된 바칼로레아 기출문제를 살펴봅시다.

- 철학이 인류를 구원할 수 있는가?
- 평등은 자유를 위협하는가?
- 옳고 그름을 결정하는 것은 국가의 몫인가?
- 모든 생명체를 존중하는 것은 도덕적 의무인가?
- 지금의 나는 내 과거의 총합인가?
- 언어는 오직 의사소통을 위한 것인가?
- 우리는 과학적으로 증명된 것만을 진실로 받아들여야 하는가?

이런 대학 입시 시험 문제를 출제하고 평가하는 국가라니 참 프랑스답죠? 바칼로레아 다음 날, 파리의 노천카페에서 바게트를 한 입 베어 문 사람들이 전날 출제된 바칼로레아 문제를 두고 토론을 하는 장면이 연상되지 않나요? 저도 이런 시험 문제는 잘 풀 자신 있는데…. 전 프랑스에서 태어났으면 서울대 갔습니다. 아, 프랑스에는 서울대가 없군요.(썩은 드립 죄송) 솔직히 좀 부럽네요. 우리나라에 이런 대입 시스템이 도입된다면 바로 '겨울방학 바칼로레아 대비반 특강'이 학원에 개설될 것 같은 불길한 예감이 듭니다만. 아무튼 우리가 지금부터 다루게 될 바칼로레아의 뜻은 프랑스 대학시험을 뜻하는 바칼로레아와는 달라 보입니다. 그래서 사전을 찾아봤어요.

baccalaureate
1. 학사 학위 2. 졸업생 고별 설교 3. 대학 입학 자격시험

IB에서의 바칼로레아는 1의 뜻으로 쓰인다고 보면 됩니다. 붸리 인터내셔널한 학사 학위, 즉 국제적으로 통용되

는 교육과정 정도로 해석할 수 있겠습니다. IB 교육과정은 초등 PYP, 중등 MYP(Middle Years Programme, IB 중등 교육과정), 고등 DP(Diploma Programme, IB 고등 교육과정)와 CP(Career-Related Programme, 직업연계 프로그램)로 구성되어 있는데요. 저는 초등학교에 근무 중이니 초등 PYP 위주로 설명해 드릴게요.

초등 PYP 운영의 실제

IB에서는 아이들에게 가르쳐야 할 학습 내용을 6개 카테고리로 분류해놓고 각 카테고리에 '초학문적 주제'라고 이름을 붙여놓았어요. 6개의 초학문적 주제는 다음과 같습니다.

- 우리는 누구인가
- 우리가 속한 공간과 시간
- 세계가 돌아가는 방식
- 우리 자신을 조직하는 방식
- 우리 자신을 표현하는 방법

• 우리 모두의 지구

저는 6개의 초학문적 주제를 볼 때마다 처음 IB 교육과정을 만든 사람들이 원탁회의에 둘러앉아 회의하는 장면이 떠오릅니다. 각 국가의 교육과정에서 추구하는 학습 목표들이 저마다 다른데 어떻게 하면 이 모든 학습 내용이 6개의 카테고리 안에 들어가게 할 수 있을까? 머리 굴리는 소리가 제 귓가에까지 들리는 듯합니다. 우리나라 교육과정 중 저 6개 카테고리 안에 들어가기 애매한 학습 주제는 없을까요? 혹시 여기에 들어가도 될 것 같고 저기에 들어가도 될 것 같은 학습 주제는 없나요?

IB 학교에서는 각 학년의 학습 내용이 6개의 초학문적 주제에 골고루 배치되도록 학기 시작 전 조정 과정을 거칩니다. 예를 들어보겠습니다. 3학년 1학기 도덕에 참된 우정이라는 개념이 나오는데요. 참된 우정은 어느 초학문적 주제 안에 넣어 가르치면 될까요? 우리는 누구인가? 우리 자신을 조직하는 방법? 세상이 돌아가는 방식? 정답은 없습니다. 다른 과목과의 유기적 연결성, 학습 분량, 학습 시기 등을 적절히 고려하여 가장 적합하다고 생각하는 초학문적 주제 안에 녹여서 가르치면 됩니다. 저는 이게 IB의 가장 큰 장점이라고 생각합니다. 내가 선택한 게 답이 되는 기적. 그렇다고 밑도 끝도 없이 아무거나 막 갖다 붙이면 안 되겠죠? IB에서도 안 되는 건 안 되는 겁니다.

혹시 교과서를 가르치다가 '어? 이거 얼마 전에 가르쳤는데 여기 또 나오네?' 이런 경험 없으신가요? 예를 들어 지구 온난화 같은 주제는 지겹게 등장합니다. 어린 시절 설날이나 추석 때 TV만 틀면 나오던 성룡 영화 수준으로 자주 나와요. 과학 시간엔 기후 위기의 사례로 나왔다가 사회 시간엔 지구촌 환경 문제 사례로 등장했다가 도덕 시간엔 지구촌 문제의 원인과 해결방안을 찾을 때 또 나오죠. 이젠 안 나오겠지 방심하면 기어코 국어 지문으로 나와서 생명 연장의 꿈을 이룹니다.

지구 온난화라는 게 인류의 생사가 달린 문제잖아요? 그러니 지나치다 싶을 만큼 강조해야 한다는 거 저도 압니다. 하지만 이런 식으로 체계 없이 동에 번쩍 서에 번쩍 해버리면 교육 효과도 떨어질 수밖에 없습니다. 녹차도

세 번 네 번 우려먹으면 점점 맹물에 가까워지다 녹차의 정체성을 잃어버리듯, 아무리 중요한 학습 주제일지라도 4월 과학 시간에 나왔다가 7월 사회 시간에 나왔다가 9월 도덕 시간에 나왔다가 해버리면 갈수록 교육 효과는 줄어들 수밖에요. 이럴 때 각 과목에서 가르치고자 하는 핵심 요소만 모아서 한 번에 집중적으로 가르치면 교육 효과가 훨씬 커지겠죠?

이런 문제의식을 느낀 프로열정러 선생님들은 교육과정을 재구성해서 가르치기도 하는데요. 이런 식의 교육과정 재구성과 IB 교육과정에는 어떤 차이점이 있을까요? 저의 짧은 소견입니다만, IB 학교는 1년 치 교육과정을 초학문적 주제라는 틀에 맞춰 촘촘히 짜놓고 교육과정을 시작한다는 차이점이 있습니다. 쌍끌이 저인망 어선이 촘촘한 그물망으로 배가 지나가는 곳의 물고기들을 죄다 잡아들이듯, 시작부터 교육과정이라는 그물망을 촘촘히 짜놓으면 빠져나갈 물고기(학습 주제)가 없습니다. 물고기를 잡는 도중에 그물망(교육과정)이 찢어지면 그물망을 보수하면 되고, 그 지역에 물고기가 없으면 장소(초학문적 주제)를 옮기면 됩니다. 그러다 보면 학년말 즈음에는 나를 쏙 빼닮은 교육과정을 만나게 됩니다. CEO가 자기만의 경영 철학으로 회사를 경영하듯 담임 선생님이 자기만의 교육 철학으로 교육과정을 운영해나간다고 보면 되겠습니다. 상당히 유연하면서도 체계적인 교육과정이라고 할 수 있죠.

물론 이 모든 게 공짜로 이뤄지진 않겠죠? 이런 교육과정을 운영하려면 어떤 조건이 선행되어야 할까요? 그렇습니다. 일단 선생님이 1년 치 교육과정 전체를 손바닥 들여다보듯 꿰뚫고 있어야 합니다. 때로 어떤 주제는 2학기 내용을 1학기로, 1학기 내용은 2학기로 보내야 하는 경우도 생깁니다. 이 말인즉슨 IB는 선생님의 열정이 뒷받침되지 않으면 운영 자체가 불가능한 교육과정이라는 뜻입니다. 저는 IB 3년 차 학교에 전입했기 때문에 기존 선생님이 짜놓은 교육과정을 이어받아 이를 수정, 보완하는 방향으로 교육과정을 운영했습니다. 번갯불에 콩 볶아 먹듯 준비 없이 IB 학교에 왔다 보니 도저히 무에서 유를 창조할 엄두가 안 나더라고요. 물론 이는 저희 학교가 IB

3년 차 학교였기 때문에 가능했던 일이기도 합니다. IB 1년 차에 이 모든 걸 해내신 선배 선생님, 존경합니다. 마음 같아서는 학교 입구에 동상이라도 세워 드리고픈 심정입니다.

혹시 질문 있으신가요? 저기 맨 뒤에 방금 전까지 졸다가 금방 손 드신 분? 질문해주세요. 교육과정의 모든 주제가 초학문적 주제 안에 들어가야 하냐고요? 그럴 리가요. 예를 들어 수학만 보더라도 두 자릿수의 곱셈과 나눗셈, 원의 중심과 반지름, 덧셈과 뺄셈. 이런 주제들은 초학문적 주제 안에 넣어 가르치기 어렵겠죠? 억지로 짜 맞춰 넣으면 불가능할 것도 없겠지만 '굳이'라는 생각이 듭니다. 이런 경우에는 '독립 교과(Standing alone)'로 따로 운영합니다. 문자 그대로 초학문적 주제에 들어가지 못하고 홀로 서 있는(Standing alone) 학습 주제들. 이런 친구들은 일반 학교처럼 가르쳐도 됩니다. 한마디로 IB 교육과정 운영은 초학문적 주제와 독립 교과 투트랙으로 간다는 말씀!

다음은 IB의 필수 개념인 학습자상, 주요 개념, 탐구 목

어서와, IB는 처음이지?

록, 중심 아이디어, 학습접근 방법(ATL, Approach to Learning), 초학문적 탐구프로그램(POI, Programme Of Inquiry), 탐구 단원(UOI, Unit Of Inquiry), 탐구 목록(LOI, Line Of Inquiry) 등에 대해 본격적으로 알아보겠습니다. 지금부터가 진짜 중요한 내용입니다. 아⋯ 그새 1교시가 끝나버렸네요. 너무 아쉽습니다.(라고 쓰고 '참 다행이다'라고 읽는다.) IB에서는 시간 약속을 철저히 지켜야 하거든요. 잠시 쉬었다가 다음 시간은 K-초등학교의 떠오르는 연구부장 Y 선생님이 이어가겠습니다. 절대 자신 없어서 도망가는 거 아니니까 오해는 마시고요. 쿨럭. 뒤에 관계자분께서도 이제 그만하라고 하시네요. 전 여기까진가 봅니다. 다시는 IB 본부에서 절 강사로 초빙하는 일은 없을 것 같네요. 흑흑. 저의 처음이자 마지막 IB 강의를 끝까지 들어주셔서 감사드립니다. 부디 RIP.(Rest In POI)

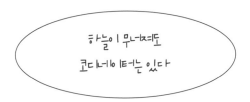

하늘이 무너져도
코디네이터는 있다

문제 1

다음 주가 개학인데 아직도 IB 교육과정을 어떻게 운영
해야 할지 감을 못 잡고 있다면 누구를 찾아가 도움을 요
청해야 할까요?

① 같이 전입한 동료 교사 D

　: 땡! D도 나처럼 헤매고 있다.

② 옆 학교 IB 코디네이터인 아내

　: 땡! 나보다 훨씬 바쁘다. 학교 일이 쌓여 있어서 집에 잘 안

　　들어오신다.

③ 정보의 바다 인터넷

　: 땡! 찾아보니 생각보다 자료가 없다. 누가 인터넷을 정보의

어서와, IB는 처음이지?

바다라고 했나? IB에 대한 정보만 놓고 보면 정보의 접싯

물 수준이다(최근에는 IB 자료가 많아지는 중).

④ 작년 3학년 선생님

　: 땡! 작년 선생님이 다 차려놓은 밥상에 숟가락 얹는 것도 미

　안한데 차마 자료까지 달라고는 못 하겠다.(저 그렇게 경우

　없는 사람 아닙니다.)

⑤ IB 코디네이터 J

　: 정답!

　　IB 학교 전입 첫해의 학급 운영은 짙은 안갯속에서 내

비게이션 없이 운전하는 것과 같다. 앞차(선배 교사)의 비

상 깜빡이를 보고 초집중 모드로 따라가다가도 안개가 너

무 심하면 시야에서 앞차가 사라져 버릴 때가 있다. 이럴

땐 앞차에 천천히 가달라고 도움을 요청하든 내비게이션

을 새로 장만하든 해야 한다. 매번 앞차에 천천히 가달라

고 부탁드리긴 미안하니 내비게이션을 새로 장만하는 것

을 추천한다. 어느 회사에서 나온 내비게이션을 추천하냐

고? IB에서 이럴 때 쓰라고 각 학교에 보급한 명품 내비

게이션이 있다. 내비게이션의 명칭은 다음과 같다.

IB 코디네이터.

IB 교육과정을 축구에 비유해 보자. IB 학교가 축구 경기가 펼쳐지는 경기장이고 각 선생님이 선수라면, IB 코디네이터는 완장을 찬 주장 선수라 할 수 있다. 구단주(IB 본부)의 지시 사항을 각 선수에게 전파하고, 선수들이 최선을 다해 뛸 수 있도록 선수들 곁에서 동기부여를 해주는 가장 믿음직한 선수. 국가대표 시절의 캡틴 박, 박지성 선수를 예로 들면 이해가 쉬우려나. 예전에 어느 축구 해설 위원이 박지성 선수의 플레이를 두고 이런 평가를 한 적이 있다.

"그의 축구화에 페인트를 묻힌다면 경기장의 모든 곳에 그의 페인트 자국이 찍혀 있을 것이다."

그만큼 열심히 뛴다는 뜻인데, IB 코디네이터가 하는 일이 그렇다. 나는 1년을 IB 코디네이터 남편으로 살았기 때문에 그들의 노고를 누구보다 잘 안다.(덕분에 1년간 몰빵 육아를 체험할 수 있었다. 극한 직업을 체험케 함으로써 평범한 삶의 소중함을 느끼게 해 준 아내에게 이 자리를 빌려 감사 인사를 전한다.) 가장 근거리에서 IB 코디네이터의 고군분투를 지켜본 사람으로 말하건대, 그들의 업무량은 상상을 초월한다. 그들도 사람인지라 그들은 점점 지쳐간다. 반면 교육부와 교육청은 AI다. 피도 눈물도 없다. IB 업무만으로도 지칠 대로 지쳐 있는 코디네이터의 어깨를 토닥이며 그들은 말한다.

'힘들지? 옆에서 지켜봤는데 너 일 잘하더라. 그러니까 이것도 해줘.'

그렇게 온갖 쓸데없는 행정 업무가 IB 코디네이터의 본질적 업무 위에 더해진다. 코디네이터들은 수업과 행정 업무라는 두 마리 토끼를 잡으면서 IB 코디네이터 역할도 해내야 할 지어니, 우리는 이 시점에서 왜 박지성이 예상보다 빨리 은퇴했는지 기억을 떠올릴 필요가 있다. 주제가 여기로 넘어가면 얘기가 길어질 것 같으니 코디네이터의 애환은 뒤에 IB 인간극장 코너에서 다루기로 하고 본론으로 돌아가자.

나는 기억한다. IB 학교에 갈지 말지 고민할 때 IB 코디네이터 J 선생님께서 해주신 말씀을. 그분은 말씀하셨지. IB 교육과정에 대해 궁금한 게 있거나 어려움이 생기면 언제든 찾아오라고. 그것이 IB 코디네이터의 역할이라고. 나는 언젠가 이 구원의 말씀이 필요한 시기가 올 거라 여겨 해마에 저장해 두었던바, 비로소 IB 코디네이터를 찾아갈 시점이 오고야 만 것이다. 동료 전입교사 D와 함께 교무실에 난입하여 어리바리 두 전입 교원에 대한 대책 마련을 요구한 끝에, 개학 전 IB 일타 강사 특강이 개설되었다.

그렇게 우리의 IB 일타 강사로 소환된 Y로 말할 것 같으면, 6학년을 3년 연속 맡아줌으로써 다른 선생님들의 기대 수명을 늘려준 생명 연장의 은인이자(6학년은 어느 학교에서나 기피 학년이다.), IB 코디네이터 J와는 톰과 제리 같은 환상 케미(또는 환장 케미)를 자랑하는 IB 코디네이터의 오른팔 되시겠다. 앞서 나는 IB 코디네이터를 그라운드 위의 캡틴에 비유한 바 있다. 이해를 돕기 위해 IB 코디네이터 J와 6학년 담임 Y에게 포지션을 부여해 보자면, IB 코디네이터 J에게는 공수를 연결할 공격형 미드필더 역할이 제일 어울릴 듯하다. 그라운드 위의 야전 사령관 J의 킬

패스를 받아 골로 연결시켜 줄 원샷 원킬 최전방 공격수!
Y가 바로 우리 학교의 최전방 공격수다. 쉽게 말해 J는
이강인이고, Y는 손흥민이다. 나는 IB 축구 경기장에 구
경 왔다 얼떨결에 경기에 투입된 후보 선수쯤 되려나. 우
리의 요구사항은 단 하나였다. IB 전입교사의 생존 대책
을 마련하라.

"이제 IB의 기본개념은 겨우 이해한 것 같고 핵심 용어
들도 예전보다는 덜 생소해요. 다만 당장 다음 주부터
수업을 해야 하는데 어떻게 수업을 해야 할지 감이 안
와요. IB 수업을 본 적이 없으니 더 그래요."

IB 전입교사라면 누구나 가질 법한 질문들이 이어졌다.

"일반 수업처럼 '동기 유발−공부할 문제 제시−활동−학
습 정리' 공식을 따르나요? IB 수업은 탐구 단원 하나만
보더라도 수십 차시 수업을 유기적으로 연결해야 하잖
아요? 각 차시 수업을 끝낼 땐 어떤 식으로 마무리 짓나
요? 수업과 수업 사이에 끊기는 느낌은 없을까요? 교과
서는 아예 사용하지 않나요? 아이들은 잘 따라오나요?
실제 IB 수업을 진행하며 느낀 어려움이 있다면?"

그 모습은 흡사 용의자 취조 장면 같았다. 용의자는 IB 측 대변인 Y 선생님. 취조자는 IB 신규 전입교사인 나와 D. 죄목은 IB 교육과정을 너무 잘 운영한 죄. Y 선생님은 지난 3년간 IB 교육과정을 운영하며 얻은 노하우를 어미 새의 마음으로 전수해줬다. 그 와중에 쉽지는 않을 거라며 현실적인 조언도 더했다. 신기하게도 이 선생님들과 함께라면 어찌어찌 지금의 난관을 헤쳐 나갈 수 있을 것 같은, 근거 있는 자신감이 솟구쳤다. 장관 청문회를 방불케 하는 탈곡기 취조 끝에 Y에게는 IB 무기징역형이 구형되었다. 최종판결문은 다음과 같다.

Y 선생님은 본투비 IB인 것 같습니다. 대한민국 IB의 구심점이 되기를 바라는 마음으로 IB 학교 평생 근무형을 선고합니다.

어서와, IB는 처음이지?

님아, 문제는 학급당 학생 수예요

3월 둘째 주, 진단 평가를 실시했다. 진단 평가는 매년 3월 초, 학생들이 해당 학년의 학습을 수행할 만한 기초 학력을 갖추고 있는지 평가하는 시험이다. 교과별 학습 부진 학생을 선별하여 학생 개개인의 수준에 맞는 보충학습을 제공하는 데 목적이 있다.

솔직히 진단 평가를 치르기 전까진 당연히 학교에 학습 부진 학생이 많을 거라 예상했다. 읍면 지역 학생들은 도시에 비해 교육 접근성이 낮을 테니 성적도 낮을 거라고 지레짐작했던 것이다. 게다가 IB라는 게 뭔가? 주입식 경쟁 교육의 대안으로 도입된 제도이다. 단순 암기 지식을 평가하는 지필 평가에는 불리할 수밖에 없다. 결과는?

7명 모두 기준 점수 통과. 학습 부진 학생 0명. 깜짝 놀랐다. 경험상 적어도 한 반에 한 명은 기준 점수에 걸릴 거라 예상했기 때문이었다. 진단 평가 결과지를 들고 옆 반 평가 담당 선생님을 찾아가 기쁜 소식을 전했다.

"선생님! 3학년 모두 기준 점수 통과했어요!"

선생님은 기쁜 표정을 감추지 못했지만 별로 놀라지는 않는 눈치였다. 이 시크함 무엇? 이 학교에서는 이게 놀랄 일이 아닌 건가?

"학급에 학습 부진 학생이 1명도 안 나온 건 제 교직 역사상 처음이에요. 아무리 학업 성취도 높은 반을 만나도 학습 부진 학생이 한두 명은 나오는데 정말 신기하네요. 혹시 다른 학년 결과도 나왔나요?"

"아마 전교생이 기준 점수를 통과할 것 같아요."

"네?"

순간 귀를 의심했다. 이게 가능한 일인가? 주위에 학원 하나 없는 읍면 지역 학교에서 학습 부진 학생이 한 명도 안 나왔다고? 이거야말로 2023년 판 '임실의 기적' 아닌가? 임실의 기적 사건과 결정적 차이가 있다면, 결국 거

78   어서와, IB는 처음이지?

짓 조작으로 드러났던 그 사건과는 달리 이번 시험에는 어떤 거짓도, 조작도 없다는 사실이다. 어떻게 이런 일이 가능했을까? IB 학교 교사 아니랄까 봐 여러 가설을 설정하여 원인을 추적 조사해 봤다.

일단 '지난 2년간의 IB 교육과정이 열매를 맺어 성적이 높게 나왔다'는 가설부터 검증해 보자. 이건 바로 제외해도 될 것 같다. IB 교육과정은 성적을 올리는 데 최적화된 시스템이 아니기 때문이다. 시험 성적을 올리는 방법은 간단하다. 시험 2주 전부터 '문제지 풀기 – 정답 풀이 – 오답 정리 및 검사 – 문제지 풀기'를 무한 반복하면 된다. 이게 교육인가 하는 질문과는 별개로 이렇게 하면 성적은 무조건 오른다. 고백하건대, 나 또한 이런 방식이 옳지 않다고 느끼면서도 그랬던 시절이 있다. 우리 반 시험 성적이 떨어지면 교사로서의 자존감도 함께 떨어지던 그 시절. 그중에서도 2010년의 기억은 내 교직 경력의 흑역사로 남아 있다.

때는 2010년, 장소는 어느 6학년 교실. 교실에 들어가면 책상 위에 어른 무릎 높이로 모의고사 시험지가 쌓여 있었다. 시각은 오후 2시 반. 이미 지칠 대로 지쳐 책상 위에 널브러져 있는 아이들, 아이들 눈을 마주치면 괜히 미안해지니 땅바닥을 바라보며 시험지를 나눠주는 나, 여기저기서 터져 나오는 하품 소리. 간혹 땅이 꺼지는 듯한 한숨 소리도 들려왔다.

그 교실에서는 일제 고사에 학교와 지역의 명예가 달려 있으니 시험 성적을 무조건 끌어올리라는 특명 아래 7~8교시 보충수업이 이어지고 있었다. 학교의 압박에 따른 강제 수업이었지만 모든 건 교사의 자발적 의지로 포장되었다. 그땐 그게 당연한 줄 알았다. 주위의 모든 학교가 그랬으니까. 오히려 어떤 학교는 주말에도 나온다는데 우리 학교는 주말에 안 나와서 다행이라며 서로를 위로하기도 했다.

시험 당일, 교실엔 대입 수능 시험장 같은 비장함마저 감돌았다. 우리는 왜 그래야만 했을까? 이미 학교별로 1년에 4번씩 시험을 치르고 있었다. 왜 군이 한 번의 시험을 더 봐야 했던 걸까? 그것도 전국의 모든 학생이 한날

어서와, IB는 처음이지?

한시에 같은 시험지로. 기초 학력을 높이기 위해서? 6년 후 보게 될 수능을 미리 연습하라는 국가의 배려? 아니다. 모든 건 줄을 세우기 위함이었다고 나는 생각한다. 지역 간, 학교 간, 학급 간, 학생 간 성적 비교 및 데이터화, 서열화, 단순 암기 평가, 창의성을 죽이는 주입식 교육. 우리나라 교육의 모든 폐해가 그날의 일제 고사 하나에 압축되어 있었다. 이미 20세기에 이런 현실을 비꼰 노래가 있었다. 노래 제목은 〈교실 이데아〉였다.

매일 아침, 일곱 시 삼십 분까지
우릴 조그만 교실로 몰아넣고
전국 구백만 아이들의 머릿속에
모두 똑같은 것만 집어넣고 있어.

막힌, 꽉 막힌, 사방이 막힌,
널 그리고 우릴 덥석 모두를 먹어 삼킨
이 시커먼 교실에서만
내 젊음을 보내기엔 너무 아까워.

좀 더 비싼 너로 만들어주겠어.

네 옆에 앉아 있는 그 애보다 더

하나씩 머리를 밟고 올라서도록 해.

좀 더 잘난 내가 될 수가 있어.

— 서태지와 아이들, 〈교실 이데아〉

그로부터 삼십 년이 흐른 지금, 대한민국의 교실은 저 노래 가사와 무엇이 다른가? 이젠 그때처럼 시험 성적을 교실 뒤 게시판에 붙이지 않는다는 걸 위안으로 삼아야 할까? 아무튼 IB 때문에 우리 학교 학생들의 기초 학력이 우수한 건 아니라는 게 나의 결론이다. 그렇다면 도대체 왜? 나는 우리 학교 학생들의 기초 학력이 우수한 건, 학급당 학생 수가 적기 때문이라고 단언할 수 있다. 나는 지난 1년간 7명의 학생을 가르치며, 학급당 학생 수가 적을 때 교사와 아이들에게 일어날 수 있는 변화를 피부로 느껴왔다.

연구의 비교대상군으로 다시 2010년을 소환해야겠다. 당시 내가 담임으로 있던 6학년 교실엔 39명의 학생이 있

어서와, IB는 처음이지?

었다. 10명씩 4분단으로 나눠도 교실이 꽉 찼다.(39명을 대

상으로 6교시 수업을 하는 것만으로도 금세 체력이 바닥난다. 그 와중에 7~8

교시 보충수업을 했다니 그때의 나, 참 고생 많았다. 지금도 가끔 연락하는 그

해의 든든한 동 학년 선생님들이 아니었다면 추억 보정은 실패했을 것이다.)

우리 반 학생 수 39명 vs 7명. 차이가 느껴지는가? 수

학 수업을 1시간만 해보면 차이는 극명히 드러난다. 분수

의 나눗셈을 가르친다고 상상해 보자. 분수의 나눗셈을

어떻게 하는지 설명하고 아이들이 잘 푸는지 살피기 위해

교실을 한 바퀴 돈다. 학급에 학생 수가 7명이면 교실을

돌면서 끙끙대는 아이 한두 명만 도와주면 된다. 운이 좋

으면 모든 아이가 척척 풀 때도 있다. 수학익힘책 풀이까

지 한 시간 안에 뚝딱이다. 한마디로 모든 학생의 학습을

봐줄 수 있다. 반면 우리 반 학생 수가 39명이라면? 그중

에 학습 부진 학생이 7명이라면? 그중 한 명은 6학년인데

구구단조차 모른다면?

교육부와 교육청은 너무 쉽게 말한다. 학습 부진 학생

수를 제로화하라고. 단언컨대 이건 페스탈로치를 부활시

켜도 불가능하다. 학습 부진 학생을 10분만 지도해 보면

내 말이 무슨 말인지 바로 알 것이다. 1년에 한 명의 학습 부진 학생만 구제해도 나는 기립박수를 쳐줄 것이다. 그런데 교실에 학습 부진 학생이 한 명만 있나? 어떤 교실은 학생의 절반 가까이 학습 부진인 경우도 있다.

그럼에도 불구하고 대한민국의 선생님들은 포기하지 않는다. 인내심이 이미 만렙을 찍은 사람들의 집합이기 때문에 끈질기게 물고 늘어진다. 하다 안 되면 방과후 남겨서라도 가르친다. 선생님이 방과후 학습 부진 학생을 지도하는 장면을 상상해 보자. 선생님이 학습 내용을 겨우 이해시키고 "오늘은 여기까지 하고 남은 건 내일 하자. 오늘 집에 가서 꼭 복습해야 해."라고 말했을 때 학생이 "네. 알겠습니다. 제 부족한 공부를 위해 이렇게 애써 주셔서 감사합니다."라고 말하는 장면을 상상했다면, 이제 드라마는 그만 보자. 현실에서는 방과후에 남아 있어 주면 감사할 따름이다. 아이들은 바쁘다. 선생님도 바쁘다. 방과후 보충학습 지도는 학생에게 배우려는 의지가 있고 선생님에게 처리해야 할 업무가 없을 때 가능한 얘기다.

어서와, IB는 처음이지?

무엇보다도 학습 부진 학생의 구제는 선생님 혼자만의 노력으로 절대 불가능하다. 학습 내용을 겨우 이해시켜 놓고 드디어 해냈다며 뿌듯해하면 안 된다. 바로 다음 날 절망의 늪에 빠지게 될 것이므로. 아이는 다음날 순진무구한 표정으로 선생님을 바라보며 말할 것이다.

"어제 우리가 이런 걸 했었나요?"

결국 학습 부진 학생은 고학년으로 올라갈수록 점점 많아진다. 고학년으로 갈수록 학습 부진 학생 수가 줄어드는 피라미드 구조를 바라지만, 현실은 바오바브나무다. 이 글에 BGM을 깔고 싶다. 메탈리카의 〈Sad but true〉. 슬프지만 이게 현실이다.

생활 지도는 더 그렇다. 당신이 교사라면 상상해 보자. 6학년 학생 39명이 교실에 앉아 있는 장면을. 숨이 턱턱 막힐 것이다. 이번엔 계산해 보자. 7명 사이에서 일어날 수 있는 갈등의 수와 39명 사이에서 일어날 수 있는 갈등의 수. 경험상 숫자가 5배 늘어난다고 갈등의 가짓수도 5배 늘어나는 건 아니다. 대신 갈등을 해결하는 건 50배는 더 힘들어진다. 관계의 그물망이 촘촘해질수록 얽힌 그물망을 푸는 난도는 급상승하기 때문이다.(이거 인정?) 당신이 학부모라면 상상해 보자. 집에 몇 명의 자녀가 있는가? 한두 명의 자녀를 키우는 것도 내 뜻대로 되지 않는다는 걸 부모는 안다. 인생이 내 마음대로 되지 않는다는 걸 깨닫게 하려고 신이 자녀를 보냈다는 말이 괜히 나온 게 아니다.

지금부터는 공감의 시간이다. 대한민국 어느 교사의 마음에 감정이입 해보자. 직업이 교사가 아니라면 눈을 감고 초등학교 선생님이 되었다고 상상해 보자. 지금 내 앞에 20~30여 명의 학생이 앉아 있다. 지금부터 나는 학생 누구도 흥미를 느끼지 못하는 교과서를 가르치며, 시도 때도 없이 소리 지르거나 틈만 나면 다른 아이들을 괴롭히는 아이들을 어르고 달래며, 영혼이 반쯤 나간 채 졸고 있는 아이는 둘러메고서라도 1년을 끌고 가야 한다. 쓸데없는 행정 업무를 해결하는 과정에서 필시 찾아올 자괴감을 슬기롭게 극복해야 하며, 관리자, 동료 교사, 학부모 등 인간관계로 복잡하게 얽힐 그물망은 슬기롭게 풀어나

가야 한다. 그 와중에 학생 사이에 일어나는 오만가지 갈등의 중재자가 되어야 함은 물론이다.

이 모든 걸 완벽하게 해내는 게 가능하긴 할까? 그런 사람이 있다면 뉴스에 나와야 한다. 최근 해외 토픽에서 13세 소년이 인류 최초로 테트리스 끝판을 깼다는 뉴스를 봤다. 아쉽게도 아직 대한민국 교실의 모든 갈등을 완벽하게 해결한 사람은 나오지 않았다는 게 학계의 정설이다.

여기서 학교 자랑 좀 하자면, 올해는 교실에서 한숨 내쉬는 일이 현저히 줄었다. 듣던 대로 아이들이 착하기도 하거니와 숫자가 7명밖에 안 되니 웬만한 갈등 해결은 1심 컷이다. 대법원 판사 코스프레 할 일이 거의 없다. 학부모님은 늘 나에게 협조적이고 선생님 간의 케미는 역대 최강이다. 심폐소생술 받으러 왔다 인생 학교를 만난 셈이다. 그 결정적 원인이 나는 학급당 학생 수에 있다고 본다. 아이들 숫자가 지금보다 많았다면(학부모 숫자가 많았다면)? 선생님 숫자가 지금보다 많았다면? 분명 나랑 안 맞는 사람이 한 명 이상은 나왔을 것이다. 그럼 나는, 저 사람은 도대체 왜 저러는 걸까 심리 분석에 들어갔겠지. 이유를 알 리가 있나? 이유를 알 수 없으니 답답해했겠지. 이유를 알 수 없는 행동을 반복하는 그 사람이 보기 싫어졌겠지. 그렇다고 바로 손절할 수 있나? 손절할 수 없으니 괴로워했겠지. 한숨을 쉬며 끓어오르는 감정을 식혔겠지. 그사이 냉탕과 온탕을 몇 번 들락날락한 감정은 너덜너덜해졌겠지. 다른 사람도 다 그럴 거라며 위안으로 삼았겠지. 그렇게 지쳐갔겠지. 아, 이젠 나도 지친다. 슬슬 글을 마무리해야겠다.

1992년 미국 대선 당시, 문제의 핵심을 간단명료하게 짚어낸 빌 클린턴의 선거 슬로건은 대선 승리의 결정적 요인으로 꼽힌다. 그 슬로건은 다음과 같다.

"바보야, 문제는 경제야.(It's the economy, stupid.)"

오늘도 현실과 동떨어진 근시안적 대책을 남발하고 전국 교사들의 한숨을 유발함으로써 대한민국 교실 내 이산화탄소 증가에 일조하는 분들이 계시다. 그분들께 위의 슬로건을 빌려 말씀드리고 싶다.

"님아, 문제는 학급당 학생 수예요."

어서와, IB는 처음이지?

내가 나를 모르는데
난들 너를 알겠느냐

복싱계에 마이크 타이슨이 남긴 유명한 명언이 있다.
"Everyone has a plan 'till they get punched in the mouth.(누구나 그럴싸한 계획을 갖고 있다. 처맞기 전까지는.)"
IB계에도 유명한 명언이 있다.
"누구나 그럴싸한 계획을 갖고 있다. 3월이 시작되기 전까지는."

3월이 오고야 말았다. 3월은 각종 회의와 공문 제출, 각종 가정통신문 배부 및 수합, 교육과정 설명회, 학부모 상담 등 온갖 잡무가 집중적으로 쏟아지는 약속의 시간이다. 3월이 시작되기 전에 IB의 기틀을 잡아놓겠다던 계획은 3월, 그 혼돈의 카오스 속으로 블랙홀처럼 빨려 들어 갔다.

공문과 메신저 알람의 홍수 속에서 정신을 못 차리다 기어이 내가 근무하고 있는 학교가 IB 학교임을 깨달았을 땐 벌써 3월 중순. 이제 더는 미룰 수 없었다. 오른쪽 모니터에는 작년 탐구 단원 계획안(UOI 플래너)을, 왼쪽 모니터에는 UOI 1(첫 번째 탐구 단원) 계획안을 띄워놓고 탐구 단원을 어떻게 가르칠지 구상했다. 첫 번째로 다룰 초학문적 주제는 '우리는 누구인가', 소주제는 '나의 본질'. 한마디로 나는 누구인가에 대해 탐구하는 단원이다.

나는 누구인가? 참으로 심오하고, 본질적이고, 철학적이고, 우리 삶에 필요한 질문이면서, 답은 없는, 그런 질문이 아닐 수 없다. 이 질문에 자신 있게 답할 수 있는 사람이 대한민국에 몇이나 될까? 초등학교 때 뜻도 모르고 따라 불렀던, 지금 보니 가사가 꽤 철학적인 김국환의 노래 〈타타타〉가 떠오른다.

"내가 나를 모르는데 난들 너를 알겠느냐."

수천 년 전, 너 자신을 알라고 말했던 소크라테스도 자기가 누구인지 모르고 떠났다는 게 철학계의 결론인데, 초등학교 3학년에게 이런 질문을 던지다니. IB, 넌 참 대단해. 나는 초등학교 3학년 때 뭐 했더라? 구슬치기, 땅따먹기, 자치기하고 놀았겠지. 물론 그런 시간도 즐거웠지만, 그 시간 중 십 분의 일만 투자해 자아정체성에 대해 질문했다면 나는 지금쯤 어디서 무엇을 하고 있을까? 적어도 아버지의 꿈을 대신 이루겠다며 사관학교에 지원하는 멍청한 짓은 안 했을 것이다. 지금 생각해 봐도 그땐 참 어렸다. 타인의 꿈과 나의 꿈을 구분하지 못했다. 분명 그 선택은 내가 누구인지 알았다면 하지 않았을 어리석은 선택이었다. 하늘이 도와 사관학교 최종 전형에서 떨어졌으니 망정이지 시험에 붙었다면… 아아, 상상만 해도 끔찍하다. 나 같은 실수를 하지 말라고 나는 아이들에게 묻고 있는 것이다.

"너는 어떤 사람이니? 뭐 할 때 행복해? 그걸 직업으로
 가져보는 건 어때?"

아이들에게 영화 〈포드 대 페라리〉에 나오는 명대사를 전해주고 싶다.

"10살 때 아버지가 그러셨죠. 하고픈 일을 아는 자는 정말 운이 좋은 거다. 평생 단 하루도 일을 안 하게 될 테니."

학생이 자아정체성을 인식하고 그에 맞는 삶을 살아갈 수 있도록 도와주는 것. 자기가 진정 하고픈 일을 알고, 살면서 그것을 실천하도록 도와주는 것. 이거야말로 교육의 궁극적 목적이 아닐까?

잠시 딴생각에 빠졌다가 정신 차리고 보니 오른쪽 모니터에 띄어놓은 작년 단원 계획안이 반짝인다. 와, 작년 3학년 선생님은 어떻게 이런 아이디어를 내셨을까? 볼 때마다 감탄하게 된다.(님 좀 짱인 듯) 일론 머스크가 뉴럴링크 프로젝트를 성공시켜 나의 뇌에 칩을 이식하지 않는 한 이거보다 잘할 수 없겠다는 생각이 들었다. 작년의 계획안을 골자로 밑그림을 그린 다음, 세부 사항은 내 스타일대로 수정해 나가기로 했다. 정치만 살아 있는 생물인가? IB도 살아 있는 생물이다.

하루는 살면서 내가 겪은 경험들이 내 인생에 어떤 영향을 미쳤는지 알아보는 시간을 가졌다. 지금의 나를 만든 건 한 번의 기념비적 경험이 아니라 지금은 의미 없어 보이는 사소한 경험의 조합이다. 지금 내가 하는 사소한 행동이 어떤 결과를 낳을지 지금은 알 수 없지만 언젠가는 알게 된다. 그러니 매사 신중히 행동하고 내가 했던 경험의 의미를 되돌아보는 습관을 지니자. 이것이 내가 수업을 통해 전하고 싶은 메시지였다. 아이들이 나의 메시지를 스펀지처럼 흡수한다면, 수업 끝에 다음과 같은 결론에 닿게 될 터였다.

지금까지 내가 했던 모든 선택과 경험의 총합이 지금의 나다.

물론 수업이 계획대로 흐르진 않았다. 아이들 입장에서 보면 그럴 만도 했다. 지금껏 한 번도 해보지 않은 질문이었을 테니까. 하지만 지금까지 내가 했던 경험의 의미를 묻는 것은 '지금의 나는 어떻게 지금의 내가 되었는가'를 알고 싶다면 반드시 해야 할 질문이다. 적어도 나는 이런 과정을 통해 나에 대해 알게 됐다. 잠시 내 이야기를 해보겠다.

나는 특별한 일이 없는 한, 매일 밤 한 시간 이상 산책을 한다. 20대부터 이어진 루틴이다. 걷다 보면 모든 불안과 걱정으로부터 해방되어 오롯이 존재만 남는 순간을 만난다. 생각 위를 걷는 무아지경의 시간. 그때마다 닿게 되는 질문이 있다. 그때 그 선택은 나를 어떻게 바꿨나?

답을 찾다 보면 소름 끼치는 발견을 할 때가 많다. 예컨대 다음과 같은 발견들. 지금 내가 글을 쓰고 있는 건, 초등학교 4학년 때 내가 쓴 동시의 첫 줄 '흰 눈이 내린다. 그 소리 소복소복' 지금도 선명히 기억나는 이 동시 한 줄에 대한 부모님의 칭찬 때문이라는 것. 칭찬에 인색했던 부모님의 이례적인 칭찬 한마디 때문에 글쓰기에 자신감을 갖게 됐고 그 아이가 커서 지금 이렇게 글을 쓰고 있다는 것. 아홉 살 나이로 처음 한라산 정상에 올랐을 때 쏟아지던 어른들의 칭찬이 나를 매일 밤 걷는 사람으로 만들었다는 것. 우리 집에서 부모님 몰래 돈을 훔쳐 가난한 친구들에게 나눠주고, 부모님이 새 옷을 사 오면 혹시나 친구들이 부러워할까 봐 입고 가지도 못했던 초등학교 3학년 한빛 어린이.(지금 보면 우스운 게 그때 우리 가족은 단칸방에

살고 있었다. 나중에 알고 보니 그 친구들은 잘 씻지 않고 옷만 더러웠을 뿐, 우리 집보다 잘 사는 집 아이들이었다.) 어른이 된 후로도 여전히 연민 때문에 괴로운 나. 이젠 연민으로부터 자유로워지고 싶건만, 타고난 뇌는 바꿀 수 없음을 깨닫고 운명으로 받아들인 지금의 나(아, 피곤한 내 인생).

이런 경험들은 의식에 이미지로 저장되는 게 아니라 무의식에 조각칼로 파내듯 새겨진다. 그 외 시간이 지나고 보니 그때와 다르게 다가오는 그때 그 사건들. 아이들도 이렇게 인생이라는 비디오테이프를 리와인드 시켜 지금껏 내가 걸어온 길을 되밟아가는 시간을 가졌으면 했다. 지금의 사소한 선택과 경험이 모여 미래를 어떻게 바꾸는지 알게 된다면 사소한 행동도 허투루 하지 않게 될 것이므로.

그러나 3학년에겐 너무 어려운 주제였나 보다. 활동을 3학년 수준에 맞춰 인생 그래프 그리기로 대체했다.

"인생 그래프를 그려보자. 일단 종이 한가운데에 가로로 선을 길게 그어봐. 이 가로 선이 좋은 일과 나쁜 일을 가르는 기준이야. 연도별로 좋은 일은 위쪽(+)에, 나쁜 일은 아래쪽(-)에 점을 찍고, 그때 어떤 일이 있었는지 쓰면 돼. 이 점들을 이으면 그게 나의 인생 굴곡을 나타내는 인생 그래프야."

처음에 떠오르는 기억이 없다던 아이들은 힌트를 몇 개 던져주자 금세 기억을 떠올렸고, 그와 연관된 다른 기억들이 고구마 넝쿨째 딸려 나오듯 소환되었다. 오로지 나를 위한 종이 한 장, 오롯이 나에게 집중하는 시간, 화이트 노이즈로 깔리는 아이들의 재잘거리는 소리, 게으르지만 출근은 꼬박꼬박하는 멜랑꼴리한 주인장. 웰컴 투 UOI 카페.

탐구 단원 마지막 시간엔 인생 그래프를 바탕으로 자서전 쓰기를 했다. 자서전 쓰기로 첫 번째 탐구 단원의 대미를 장식하게 된 데에는 개인적인 경험도 한몫했다. 나야말로 글쓰기를 통해 자아정체성을 깨달은 사람이기 때문이다. 예전에 내가 쓴 글에 후배가 달아준 댓글이 기억난다.

"글을 읽는 동안 나는 대학교 동아리 방으로 돌아가 있었다. 다른 사람들은 다 변했고 나도 변했는데 이 사람 만 그대로다.”

자네 평론가 해볼 생각 없나? 이렇게 단 두 줄로 날 감동시키다니. 뭐, 나라고 변한 게 없진 않겠지만 그래도 인생노빠꾸마이웨이 해왔다는 게 자부심이라면 자부심인데, 이걸 또 이렇게 표현해 주니 나도 울고, 하늘도 울고. 이게 글의 힘이다. 후배의 댓글을 보고 한참 옛 생각에 잠겨 있다 나에게 물어봤다. 결승점을 향해 죽을힘을 다해 뛸 필요 없다고, 나만의 보폭과 리듬으로 목적지 없이 뛰어도 된다고 말해준 건 무엇이었을까?

내가 찾은 한 글자는 '글'이었다. 나는 글을 통해 깨달았다. 남들 따라 살 필요 없다는 것을. 다른 사람이 한다고 나도 따라 할 필요 없다는 것을. 남들이 못한다고 나도 못하란 법 없다는 것을. 길이 없으면 길을 내면 된다는 것을. 그리고 해방되었다. 타인의 시선으로부터, 소유와 성공에 대한 집착으로부터.

당신도 이런 해방감을 느껴보고 싶다면 글을 써보길 추천한다. 그중에서도 자서전 쓰기는 자아정체성으로 향하는 골든 티켓이다. 〈찰리와 초콜릿 공장〉 골든 티켓은 전 세계 5장뿐이지만 자서전 쓰기라는 골든 티켓은 누구나 손에 쥘 수 있다. 이 좋은 걸 안 하면 나만 손해 아닌가?

생애 첫 평일 도외 출장을 가다

공개 수업 날짜가 잡혔다. 무려 다른 학교 선생님, 우리 학교 선생님, 학부모 모두가 참관하는 IB 월드스쿨 공개 수업이다. 이번 공개 수업은 올해 IB 월드스쿨 공개 수업의 포문을 여는 첫 공개 수업이기 때문에 많은 선생님이 올 것으로 예상되었다. 심지어 육지에서 수업을 보러 오시는 분들도 있다고 했다. 하늘이시여, 왜 저에게 이런 시련을 주시나이까.

군대 화생방 훈련 이후로 이런 긴장감은 처음이다. 가장 큰 문제는 아직도 IB 수업을 어떻게 해야 할지 확신이 안 선다는 사실이었다. IB 공개 수업은 일반적인 공개 수업과는 결이 다르다. 일반적인 수업이 기승전결 구조로 진행되는 단편 영화라면, IB 수업 한 시간은 수십 편짜리 시리즈 드라마의 한 회차라 할 수 있다. 공개 수업 과목과 학습 주제를 정하는 것부터 난관이다. 바로 그때, 교무실에서 구세주가 나타났다.(편집자님, BGM으로 리베라 합창단의 〈Sanctus〉 깔아주세요.) 구세주는 이번에도 코디 선생님이었다. 코디 선생님께서 말씀하셨다.

"4월 말에 대구 IB 학교 공개 수업이 있습니다. 참관하실 분들은 저에게 말씀해주세요. 특히 올해 전입하신 한빛 샘과 D 선생님은 가보는 게 좋을 것 같아요."

"네? 수업 날짜가 평일인데요? 저도 가고는 싶은데 다른 선생님께 보결을 부탁하면서까지 갔다 오긴 좀 그래서요."

"대체 인력을 구하면 되죠."

"아…."

실제로 교감 선생님께서 내 빈자리를 채워줄 시간 강사 선생님을 구해주셨다. 작년까지 육지에 있는 학교에 공개 수업을 보러 간다는 건 상상도 못 할 일이었는데. 이처럼 다양한 연수 기회 보장은 IB 학교의 큰 강점 중 하나이다. 배움에 대한 열정이 넘치는 선생님에겐 IB 학교가 좋은 선택지가 되어줄 것이다.(나는 배움에 대한 열정이 모자라 솔직히 좀 힘들었다.)

그렇게 생애 첫 도외 출장을 떠났다. 산 넘고 물 건너 도착한 대구의 IB 학교는 입구부터 포스가 남달랐다. 복도를 빼곡히 메운 탐구 산출물부터 눈에 들어왔다. 교실에서는 열정적인 IB 교사들이 토론, 탐구 활동 시연, 탐구 자료 발표 등 다양한 방식의 IB 수업을 선보이고 있었다. 학습자 주도성을 강조하는 IB 학교답게 교실마다 아이들의 적극적인 참여가 돋보였다.

일반 수업이 가이드(교사)의 깃발을 쫓아다니며 정해진 코스를 도는 패키지 관광이라면, IB 수업은 학생 스스로 계획을 짜서 자유롭게 돌아다니는 자유 여행에 비유할 수 있다. 이때 교사는 여행을 앞에서 주도하는 역할이 아닌 옆에서 도와주는 역할을 수행한다. 그렇다면 IB에서는 교사의 할 일이 줄어들까? 오히려 반대다. 학생들의 여행에 교사가 개입할 여지가 줄어들 뿐, 사전에 여행을 계획하고 현장에서 수습해야 할 일은 자유 여행이 훨씬 많다. 다시 말해 '일반 수업이 패키지 관광이라면 IB 수업은 자유 여행이다.'라는 비유 앞에는 괄호가 빠져 있다.

'IB 수업은(교사의 치밀한 설계와 세심한 관리가 들어가는) 자유 여행이다.'

교육의 질은 교사의 질을 넘어설 수 없다는 말의 참뜻을 나는 IB 학교에 와서야 깨달았다. IB 참관 수업을 마치고 집으로 돌아가는 비행기 안, 나는 이미 공개 수업이라는 이름의 여행 코스를 짜고 있다. 지금은 창밖에 보이는 저 구름처럼 모든 것이 베일에 싸여있지만, 내일은 지평선 저 너머로 내일의 태양이 떠오를 것을 믿는다. 나는 짙은 구름에도 아랑곳 않고 목적지를 찾아가는 이 비행기처럼 내 갈 길을 묵묵히 걸어가면 될 뿐이다.

(덧붙임)

나와 D를 생면부지의 대구 IB 학교로 연결해 주신 코디네이터 선생님, 대체 인력을 구해주신 교감 선생님, 대구 올라가서 저녁 먹을 때 쓰라며 뒷돈(?) 챙겨주신 교장 선

생님. 늦었지만 감사 인사를 전합니다. 덕분에 저 지금,

잘 살고 있습니다.

거 수업하기 딱 좋은 날씨네

공개 수업을 잘 해낼 수 있을까? 머릿속이 복잡하다.
이럴 땐 김연아의 인터뷰를 떠올린다. 김연아가 스트레칭
을 하는데 기자가 묻는다.

"무슨 생각 하면서 (스트레칭을) 하세요?

김연아가 답한다.

"무슨 생각을 해요. 그냥 하는 거지."

그래. 걱정한다고 걱정이 사라지면 걱정할 일도 없지.
그냥 하자. 드루와, 드루와. 내가 다 해줄게. 거 수업하기
딱 좋은 날씨네.(수업 잘할 거라고는 안 함)

준비 과정이 순탄치만은 않았다. 수업 주제는 두 번째
탐구단원(UOI 2)의 두 번째 탐구 목록(LOI 2) '제주도의 옛이

야기' 중에서 '옛이야기를 분석하는 방법'으로 정했다. 수
업을 준비하다 보니 나부터 공부해야겠다는 생각이 들었
다. 내가 아는 제주도 설화라고 해봐야 삼성혈, 설문대 할
망, 오백 장군 설화가 전부인데 누가 누굴 가르치나? 당
장 도서관에서 제주 설화 책을 몇 권 빌렸다. 읽다 보니
패턴이 보였다. 대부분의 설화는 설화가 쓰일 당시를 추
측하는 3가지 단서를 제공하고 있었다. 지명의 유래, 당
시의 환경, 당시 사람들의 가치관. 이 패턴을 아이들 스스
로 찾아보게 하는 수업을 하자!

　제주 설화들을 탐구하다 보니 나 또한 궁금한 점이 생
겼다. 이야기를 처음 만든 사람들은 후세에 어떤 메시지
를 전하고 싶었을까? 옛이야기 속에 담긴 숨은 메시지를
추측해 보고, 내가 후세에 전하고 싶은 가치관을 추출하
여 나의 가치관이 반영된 새 이야기를 만들어보기로 했
다. 이 수업이 시험 성적을 올리기 위한 수업이었다면 아
마도 이렇게 수업했을 것이다.

　"127페이지 5번째 줄 문장 '옛이야기에는 지명의 유래,
　당시의 환경과 가치관이 담겨 있다.' 이거 중요한 문장이

에요. 밑줄 쫙 긋고 반드시 외우세요. 옛이야기에는 뭐가 담겨 있다고요?"

IB 수업은 다르다.

"친구들과 함께 제주도의 옛이야기를 읽으면서 어떤 공통점이 있는지 탐구해봅시다. 우리를 위해 먼 옛날에 이야기를 만든 사람은 우리에게 어떤 메시지를 전하고 싶었던 걸까요? 내가 후세를 위해 이야기를 만든다면 어떤 메시지를 전하고 싶나요?"

답 대신 질문을 던지는 수업, 이게 IB 수업이다. 네가 그냥 커피라면 나는 TOP야. 이렇게 교육의 우위를 정하려는 게 아니다. 둘은 애초에 추구하는 방향부터 다르다. 나는 IB에서 제시하는 방향이 옳다고 판단해 지금 여기와 있을 뿐이고. 수업하려면 나부터 제주 설화에 대해 잘 알아야 하니 도서관에 와 있을 뿐이고. 이렇게까지 해야 하나 싶었다가 며칠 후 공개 수업을 해야 한다는 현실을 깨닫고 멘탈을 부여잡을 뿐이고.

수업 대상이 3학년 학생이니만큼 학생 스스로 이야기의 패턴을 발견할 수 있도록 생각의 틀을 제공하기로 했다. 학생들은 이미 국어 시간에 이야기를 요약하는 방법을 배웠고, 이에 따라 각자 제주 설화를 요약해 놓았다. 친구들이 요약한 제주 설화를 듣고 각각의 설화들로부터 공통된 패턴을 찾는 게 수업의 목표였다. 모든 준비는 끝났다.

옛이야기 분석하기

이름: (   )

제목	
주인공	
시대	
주요 장소	
이야기를 만든 이는 어떤 메시지를 전하고 싶었던 걸까? * 해당되는 곳에 ○하거나 ( )안에 쓰세요.	효도 / 인내 / 겸손 / 신중함 / 배려 / 책임 / 나눔 / 감사 / 용기 / 지혜 / 은혜 갚는 마음 / 포기하지 않는 마음 ( ) / ( ) / ( )
이야기가 추구하는 학습자상 * 해당되는 곳에 ○하거나 ( )안에 쓰세요.	탐구하는 / 사고하는 / 배려하는 / 도전하는 / 소통하는 / 성찰하는 / 균형 잡힌 / 원칙을 지키는 / 지식이 풍부한 / 열린 마음을 지닌 사람

공개 수업은 벼락같이 찾아왔다. 웬만하면 긴장을 하지 않는 나도 떨림을 감출 수 없었다. 사람들이 하나둘 교실로 들어오자 영화 〈졸업〉의 마지막 장면 같은 퍼포먼스를 하고 싶어졌다. 영화 속에서 결혼식 직전에 도망가는

신부처럼, 공개 수업 직전에 도망간 교사. 대한민국 교실에 열정적으로 가르칠 교사들이 하나둘 사라지고 있음을 알리는 행위 예술 퍼포먼스. 안타깝게도 실행으로 옮기진 못했다. 수업이 시작되었다. 수업은 순조롭게 진행되나 싶더니 교실에 북적거리는 사람들로 인해 아이들의 텐션이 폭발하면서 장르가 호러물로 바뀌기 시작하는데….

우리 반 아이들은 한 명도 빠짐없이 외향형 성격이다. 언제 수업 분위기가 헬륨 풍선처럼 붕— 떠버릴지 모른다. 물론 플랜 B를 마련해 두긴 했다. 그런데 수업 분위기가 로켓처럼 쑝— 수직상승 해버릴 줄이야. 안타깝게도 이런 상황에 대비한 표정은 준비해두지 못했다. 아마도 내 낯빛은 서서히 창백해져 갔을 것이다. 얘들아, 이건 플랜 C잖아? 선생님이 플랜 C는 준비 못 했거든? 응? 얘들아? 내 말은 들리니?

선생님이 질문 하나를 하면 7개의 대답이 동시에 되돌아오는 기적. 아이들이 발표에 소극적이라 수업을 진행하기 어렵다는 선생님들이 많다. 우리 반은 오히려 반대다. 우리 반은 중간이 없다. 우리 반의 장점은? 적극적이다.

우리 반의 단점은? 너무 적극적이다. 갑자기 공개 수업 난도가 김연아의 트리플 악셀 급으로 올라갔다. 오죽했으면 수업 중간에 납작 엎드려 읍소하다시피 했다.

"얘들아, 교실에 손님이 많이 와서 텐션이 올라간 건 알겠는데 우리 평소처럼만 하자."

내가 진지하게 눈치 챙기자는 신호를 보내자 아이들은 나의 진지함이 재미있는지 오히려 키득키득, 내 가슴은 콩닥콩닥, 수업은 뭉게뭉게 안갯속으로. 역시 우리 반은 매트릭스다. 무엇을 상상하든 그 이상을 보여준다. 오죽하면 2학기 학부모 공개 수업이 끝나고 한 학부모님이 나를 위로해 줬다.

"선생님, 수업하기 참 힘드시겠어요."

"하하. 아이들이 요즘 애들답지 않게 순수하고 명랑해서 말이죠. 하하하."

내가 웃는 게 웃는 게 아니었다. 우리 반 아이들의 이런 적극성은 어디서 나오는 걸까? 1학년 때부터 IB 교육의 세례를 받아 발표에 부담이 없는 걸까? 아니면 본래 적극적인 아이들이 우연히 같은 학교에서 만난 걸까? 여전히 미스터리다.

수업이 끝나고 수업 분위기가 밝아서 좋았다는 평가를 많이 받았다. 그 말을 듣고 찰리 채플린의 명언이 떠올랐다.

'인생은 멀리서 보면 희극이고, 가까이서 보면 비극이다.'

나는 이렇게 말하고 싶다.

'수업은 참관자 시점에서 보면 시트콤이고, 선생님 입장에서 보면 스릴러다.'

앎으로부터 삶으로,
삶으로부터 앎으로

　뜬금없이 남모르게 하고 있는 선행을 밝히자면, 나는 쓰레기를 버리러 가거나 밤 산책을 갈 때마다 우리 동네 클린 하우스(쓰레기 분리수거함)를 정리한다. 주로 하는 일은 펼쳐져 있지 않은 종이 박스 펴서 버리기, 재활용 쓰레기 정리하기, 음식물 쓰레기통 위에 놓여 있는 음식물 쓰레기 봉지 버리기 등이다. 언제부터 시작했는지는 나도 잘 모르겠다. 왜 시작했는지 물어본다면 이건 어렴풋이 짐작 가는 이유가 있다.

　서른한 살에 호주로 워킹홀리데이를 떠난 적 있다. 아내의 유학 휴직에 따른 동반 휴직이었다. 호주의 물가는 상상을 초월했다. 시드니 공항 도착 후 공중전화로 잠깐 통화를 했는데 30초도 안 돼 2달러가 날아가는 걸 보고 정신이 바짝 들었다.(누가 이거 거짓말 아니라고 해줘요. 실제 겪은 일입니다.) 월세, 전기요금, 수도세 등 기본 생활 물가가 상상을 초월했다. 일해서 생활비를 벌어야만 했다. 이왕 이렇게 된 거 우리나라에서는 쉽게 도전하기 힘든 일들을 해보기로 했다. 청소업이 눈에 들어왔다. 실제로 현지 한국인과 유학생의 상당수가 청소업으로 생계를 꾸려가고 있었다. 육체노동의 가치를 인정해주는 선진국답게 수입은 짭짤했지만, 일은 고됐다. 오전부터 다음날 새벽까지 17시간을 내리 일한 날도 있었다.

1년간의 청소 노동자 생활을 통해 깨달은 게 많았다. 누군가가 다른 사람의 쓰레기를 치워주는 게 당연한 게 아니라는 사실을 알게 됐다. 쓰레기통이 옆에 있는데도 아무 데나 쓰레기를 버리고 가는 사람들의 무심함을 더 이해할 수 없게 됐다. 환경미화원처럼 사회의 그늘에서 묵묵히 제 할 일을 다 하는 숨은 영웅들 덕분에 이 사회가 이렇게나마 돌아가고 있음을 깨달았다. '쓰레기차 가니

어서와, IB는 처음이지?

똥차 온다.' 같은 비유는 농담으로라도 쓰지 않게 됐다. 밤에 일하면 사고 위험이 커지는데도 사람들이 잠든 밤에만 그들이 활동하는 이유를 알고는 슬퍼졌다. 환경미화원들의 노고와 헌신에 감사하게 됐다. 남들이 잠든 사이에 어두운 세상을 환하게 비추는 빛과 같은 그들에게 어떻게 빛을 갚을 수 있을지 찾아보게 됐다. 그렇게 시작한 게 클린하우스 정리였다.

이름과 달리 클린 하우스는 단 한 번도 깨끗한 적이 없다. 쓰레기통 바깥에서 나뒹구는 쓰레기들을 마주치면 한숨부터 나온다. 특히 음식물 쓰레기를 봉지째 두고 가는 사람들은 도대체 무슨 생각으로 이러나 싶다. 처음엔 음식물 쓰레기 카드를 집에 놔두고 와서 카드를 가지러 갔다가 깜빡한 걸로 생각했다. 나도 그런 경험이 몇 번 있었으니까. 그런데 한두 번도 아니고 이런 일이 계속 반복되는 걸 보면 돈을 아끼려고 일부러 그러는 것 같다. 그깟 돈 몇 푼이나 한다고. 종이 박스를 펼쳐서 버리는 것도 마찬가지다. 박스 펼쳐서 버리는 거 몇 초나 걸린다고. 설마 이 사람들이 쓰레기 버리는 방법을 몰라서 이러는 걸까?

아니다. 그들은 알고 있다. 단언컨대 대한민국에 종이 박스 버리는 방법을 모르는 사람은 거의 없다. 알면서 실천하지 않을 뿐이다.

가끔은 학교에서도 이런 일이 일어난다. 코로나 이전엔 학교마다 주번 활동이라는 게 있었다. 금주의 주번으로 배정된 반은 학교에 30분 정도 일찍 나와 운동장 쓰레기를 주웠다. 언젠가부터 아이들은 일회용 비닐장갑을 끼고 쓰레기를 주웠다. 나는 그 장면이 도무지 이해되지 않았다. 쓰레기를 줍기 위해 일회용 비닐장갑을 쓰고, 쓰레기를 줍고 나서 일회용 비닐장갑도 함께 버리는 아이러니. 사실 쓰레기를 실제로 줍는 아이들은 몇 안 된다. 아마 선생님 혼자 줍는 쓰레기가 절반 이상은 될 거다. 아이들 대부분은 비닐장갑을 끼고 쓰레기를 줍는 척만 하다가 주번 활동이 끝나자마자 비닐장갑을 버렸다. 한 명당 2개씩, 한 반에 25명이면 총 50장의 일회용 비닐장갑이 주번 활동을 할 때마다 버려졌다. 30분 동안 우리가 주운 쓰레기가 몇 개나 될까. 100개를 주웠다고 치자. 100개의 쓰레기를 줍기 위해 50개의 쓰레기를 만드는 아이러니. 이 걸 어떻게 설명해야 할까?

이 현상을 혼자 심각하게 바라본 건, 쓰레기는 더럽기 때문에 쓰레기를 주울 땐 일회용 비닐장갑을 껴야 한다 고 생각하는 아이들은 일회용 비닐장갑이 없으면 쓰레기 를 주우려 하지 않을 것이기 때문이었다. 아이들은 실제로 도 그랬다. 비닐장갑이 없으면 쓰레기를 주우려 하지 않았 다. 심지어 집게로 쓰레기를 줍는 아이조차 습관적으로 비 닐장갑을 꼈다. 나는 아이들에게 쓰레기 하나를 줍기 위해 일회용 비닐장갑을 쓰고 쓰레기와 같이 버리는 모습이 얼 마나 블랙 코미디 같은 장면인지 설명했다. 결국 일회용 비닐장갑은 쓰지 않되 더러운 쓰레기는 선생님이 줍는 선 에서 합의를 봤다. 선생님들께 앞으로 주번 활동을 할 때 일회용 비닐장갑은 쓰지 말자고 제안했다. 꿈속에서. 솔 직히 선 넘는 것 같아서 실행으로 옮기지는 못했다. 우리 는 여기서 다시 한번 실천의 중요성을 깨달을 수 있다.

앎과 삶은 한 끗 차이다. 앎이 삶으로 삶이 앎으로 연결

되지 않는다면, 앎은 아무 의미가 없다. 이것이 IB에서 행동(Action)을 중요시하는 이유이다. 문자 그대로 배운 내용을 행동으로 옮기라는 뜻이다. 그런 의미에서 제2기 학생 다모임단 주최로 열린 양심 마켓은 학습자 주도성과 실천의 결정체라 할 만한 행사였다. 양심 마켓은 일종의 아나바다 장터이다. 학생 다모임단은 학생들로부터 집에서 쓰지 않는 물품을 기부 받아 그 물건들을 물건이 필요한 사람들에게 판매했다. 판매 수익은 아이들이 선정한 단체에 기부했다. 행사 홍보, 전시공간 꾸미기, 물건 전시, 기부처 정하기 등도 선생님의 지도와 학생 다모임단의 주도 아래 이뤄졌다. 이번 행사가 신문에 실린다면 제목은 아마 다음과 같을 것이다.

'K-초등학교 양심 마켓 행사 성황리에 종료. 학생들이
멱살 잡고 하드캐리.(부제 : 선생님은 거들 뿐)'

아이들은 양심 마켓을 운영하는 과정에서 자원의 소중함, 자원의 선순환, 행사를 계획하고 운영하는 방법 등을 온몸으로 배웠다. 행사 후 수익금 전액은 WWF(세계자연기금)에 전달되었다. 며칠 후 WWF로부터 받은 기부 증서가

어서와, IB는 처음이지?

양심 마켓이 열렸던 교무실 앞 현관에 게시되었다. WWF
는 우리 반이 자원 보존 단체를 조사할 때 자주 등장했던
단체여서 반가워하는 친구들이 많았다. 나에게 필요 없는
물건이 누군가의 필요에 의해 돈이 되고, 그 돈을 모아 자
원과 환경을 보호하는 단체에 기부하고, 그 단체로부터
감사 편지를 받은 아이들의 마음속엔 무엇이 새겨졌을까?

이탈리아의 철학자 안토니오 그람시는 말했다.

'이성으로는 비관해도 의지로 낙관하라.'

요즘처럼 희망을 찾기 힘든 시대에 한 줄기 빛과 같은

말이다. 그러나 나는 오늘 희망을 봤다. 아직 철이 덜 들어서 그런지 모르겠지만, 우리 학교 아이들을 보고 있으면 잠시나마 이성으로도 낙관하게 된다. 이 아이들이 바꿔나갈 세상은 분명 지금보다는 더 나은 세상이 되리라 확신하게 된다. 분명 그렇게 될 것이다. 여전히 많은 것이 가능하다.

You may say I'm a dreamer

당신은 나를 몽상가라 말할지도 몰라요.

But I'm not the only one

하지만 저와 같이 말하는 사람이 저뿐만은 아니에요.

I hope someday you'll join us

언젠가는 당신도 함께하리라 믿어요.

And the world will live as one

세계는 결국 하나가 될 거예요.

— 존 레논, 〈Imagine〉

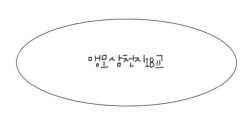

맹모삼천지IB교

학교에서 대놓고 호구 조사를 하던 시절이 있었다. 지금 이런 조사를 하면 누굴 호구로 보냐는 말이 튀어나올 것 같은데 아무튼 그땐 그랬다. 선생님께서 "집에 자동차 있는 사람?", "집에 TV 있는 사람?" 하고 질문하면 질문에 해당하는 아이들이 손을 들었다. 질문 중에 레전드 질문도 많았다. 그중 하나가 "이사를 몇 번 했나?"였다. 이걸 왜 기억하냐면, 내가 이 분야에서 늘 1, 2등을 기록했기 때문이다. 집에 가자마자 이 기쁜 소식을 부모님께 전했으나 부모님께서 웃지도 울지도 못했다는 전설 같은 이야기가 전해 내려온다.

"엄마, 우리 집이 이사를 가장 많이 한 집으로 뽑혔어요!

너무 자랑스러워요!"

이랬다는 거 아닌가? 지금도 부모님은 이 얘기를 하며 웃으신다. 대신 이젠 내가 웃지 못한다. 이사를 자주 다닌다는 게 어떤 의미인지 아는 나이가 되어버렸기 때문이다.

세월은 흐르고 나는 결혼을 했다. 이쯤 되면 한곳에 정착하자는 생각이 들만도 한데 나는 여전히 이사를 자주 다닌다. 아내도 나와 성향이 비슷해서 둘이 손잡고 잘도 다닌다. 결혼하고 이사 다닌 횟수를 모두 합하면 내 어린 시절의 기록을 갈아치울지도 모른다. 아마도 우리 집안에는 이사 유전자가 있는 듯하다.

이사를 하다 보면 이사력이 쌓인다. 하지만 이사는 갈수록 힘들어진다. 짐이 늘어나는 속도가 이사력 상승 속도보다 빠르기 때문이다. 이사에 지쳐 더는 이사 못 다니겠다 싶을 때쯤 평생 살고 싶은 집을 만났다. 집은 작았지만 완벽한 걷세권 안에 있었다. 매일 밤 법환 해안도로를 걸을지, 강정 해안도로를 걸을지 선택할 수 있다는 건, 어마어마한 특권이었다. 난 이거면 됐어요. 평생 여기에 누울게요.

이랬던 내가 한 번 더 이사 갈 결심을 하게 되었으니 그 모든 것은 IB 때문이었다고 밝힌 바 있다. 뒤늦게 고백하건대 아내의 집요한 설득에도 내 마음은 가지 않는다로 기울어 있었다. 그때 49대 51의 균형추를 단번에 100 대 0으로 만든 아이가 있었으니, 그 아이의 이름은 단비이다. 내 첫째 딸이며 얼굴부터 성향까지 내 유전자가 몰빵된, 사실상 나의 미니미라 할 만한 아이다.

단비는 어려서부터 호기심이 많았다. 요즘엔 호기심을 미디어를 통해 해소하는 경우가 많다. 그러나 우리 집엔 TV가 없다. 스스로 자제력을 갖추기 전까지 미디어 노출시간을 최소로 줄이자는 턴 오프 미디어, 턴 온 라이프 (Turn off media, Turn on life) 정책에 따라 스마트폰도 주지 않았다. 단비가 호기심을 해결할 유일한 창구는 질문과 책뿐이었다. 단비는 쉴 새 없이 물음표를 날려댔다. 초등학생의 질문이란 게 세상 살 만큼 산 어른의 입장에서는 엉뚱한 질문이 많다 보니 난감할 때도 많다. 하지만 나는 내가 아는 선에서 최선을 다해 답을 해준다. 궁금증 가득한 단비의 얼굴 위로 세상 모든 게 신기했던 어린 시절의 내 얼굴이 겹치기 때문이다.

나의 답변으로 궁금증이 해소되지 않으면 도서관에서 단비의 호기심을 해결해 줄 만한 책을 빌려다 준다. 책이라는 요물은 참 신기하다. 호기심을 하나 해결해 주면 2개의 질문을 데려오고 2개의 질문을 해결하려면 4권의 책이 필요하다. 질문은 꼬리에 꼬리를 물고 확장된다. 질문에 대한 답을 찾으며 자기만의 세계를 확장하던 단비는 금세 책과 베프가 되었다. 하루는 예전 학교에서 함께 근무했던 선생님으로부터 이런 문자를 받은 적이 있다.

"중간 놀이 시간에 한 아이가 소나무 아래에서 혼자 책을 읽고 있길래 누군가 해서 봤더니 단비더라고요ㅋㅋ 요즘 책 읽는 애들이 별로 없는데 신기해서 사진을 찍어 봤어요."

첨부된 사진을 봤더니 옆에서 다른 애들은 뛰어노는데 단비 혼자 책을 읽고 있었다. 집에 와서 단비에게 이유를 물어봤더니 중간 놀이 시간에 나가서 노는 분위기라서 나가긴 했는데 갑자기 책을 읽고 싶었다나 뭐라나. 책은 교실에서만 읽고 밖에 나가면 뛰어놀라고 얘기하긴 했지만,

내심 웃음을 감출 수는 없었다. 나 또한 책에 빠지면 궁금증이 해소될 때까지 잠을 못 자는 타입이기 때문이다. 요즘 단비는 해리포터에 푹 빠져 있다. 학교에서 걸어 다니면서 『해리포터』를 읽는다. 몇 번 내 눈에 걸려서 그러다 사고 난다고 잔소리하긴 했는데, 그때마다 솔직히 이런 생각도 했다. 손에 쥐고 있는 게 핸드폰 아닌 게 어디야?

사실 걸으면서 책을 읽는 마음은 내가 누구보다 잘 안다. 결말에 다가갈수록 잠도 달아나게 만드는 몰입감, 궁금증을 해결했을 때 수수께끼의 답을 나만 알게 된 듯한 뿌듯함, 답에 더 가까이 다가가려 다른 책을 찾아볼 때의 설렘. 하지만 이랬던 단비도 학교에 다니다 보면 이런 질문을 할 날이 올 것이다.

"아빠, 이런 건 왜 배워요? 이런 게 세상 사는 데 필요하긴 해요?"

그러게나 말이다. 아빠도 학교 다닐 때 그 질문 수백 번 했는데 답은 못 찾았어. 그때 아내의 제안이 들어온 것이다. IB라는 교육과정이 있다고, 제주도에도 몇 군데 학교가 있는데 여기에 교사로 가보지 않겠냐고. 그렇게 우리는 IB 가족이 되었다. 아빠는 IB 학교 선생님, 엄마는 IB 학교 코디네이터, 첫째 딸은 IB 학교 학생, 둘째 딸은 예비 IB 학교 학생.(올해 1학년 입학)

　지금부터는 IB 학교 교사가 아닌 IB 학부모로서 느낀 점을 써보겠다. IB 학교에 다니면서 단비에게 일어난 변화 중 'IB 이펙트'로 추정되는 것들만 모아봤다. 물론 지금부터 나열하는 사건 모두에 IB의 영향이 있었다고 확신할 수 없다. IB 학교에 다니지 않았어도 일어났을 일들이 섞여 있을 것이다. 그러나 IB의 영향이 없었다고는 더 못하겠다. 답은 오직 단비가 가지 않은 길만이 알고 있을 것이다.

- IB 학습자상은 IB에서 탐구를 통해 구현하고자 하는 이상적인 학습자의 모습을 말한다. 10가지 학습자상은 다음과 같다. 탐구하는 사람, 지식이 풍부한 사람, 열린 마음을 지닌 사람, 배려하는 사람, 사고하는 사람, 도전하는 사람, 소통하는 사람, 균형 잡힌 사람, 원칙을 지키는 사람, 성찰하는 사람.
  단비는 올해 학급에서 지금의 나를 학습자상과 연결 지어 표현하라는 과제를 받았다. 단비는 이렇게 표현했다.

– 제목 : 긍정적인 나

– 학습자상 : 열린 마음을 지닌 사람

– 그림 가운데에 있는 아이는 저입니다. 제 머리 위에 있는 하
얀색 물체는 새똥이고 그 옆에 있는 한자는 참을 인(忍)입니
다. 머리 위에 새똥이 떨어져도 웃을 수 있는 긍정적인 내가
되자는 뜻을 갖고 있습니다.

• 내가 운전하는 차를 타고 단비와 집으로 돌아오는 길엔 '무
엇이든 물어보세요' 코너가 마련된다. 단비가 아빠에게 궁금
한 걸 물어보면 아빠가 답해주는 시간이다. 하루는 3학년 단

비가 이런 질문을 했다.

"아빠, 우리나라를 처음 만든 누군가가 있었겠죠? 요즘 드는 생각인데요. 그분이 처음 우리나라를 만드실 때 실수로 욕심을 과다 주입한 것 같아요. 그래서 세상에 욕심쟁이들이 많아지게 된 건 아닐까요? 흥부처럼 욕심부리지 않고 살면 다 같이 행복하게 살 수 있는데, 왜 사람들은 놀부처럼 욕심을 부려서 불행을 자초하는 걸까요?"

이거야말로 초학문적 주제에 어울리는 탐구 질문 아닌가?

그나저나 이럴 땐 뭐라 설명해줘야 하나?

단비가 어린이날에 편지를 썼다.

"안녕하세요. 아빠. 제가 이 편지를 쓴 이유는 어린이날 선물에 관한 건데요. 아빠가 이 편지를 보고 얼굴을 찡그리지 않았으면 좋겠네요. 저는 어린이날에 포카(포토 카드)를 갖고 싶어요. 엄마랑 아빠는 안 된다고 하시겠지만. 엄마는 수영에, 아빠는 마술과 풍선에 돈을 쓰듯이 저도 포카에 돈을 쓰고 싶거든요. 포카 가격은 20,000원+30,000원이에요. 배송비 5,500원을 더하면 55,500원인데 15,500원은 제가 부담할게요. 허락해 주신다면 가능한 한 빨리 사는 게 좋을 것 같아요. 그 포카가 1세트밖에 없거든요. 오늘 이야기해 봐요. 살 수 있다면 내일은 우도에 가야 하니까 오늘 꼭 사야 할 것 같아요. 이따 봐요."

포카의 효용성과 기회비용, 라캉의 '인간은 타인의 욕망을 욕망한다' 이론을 주제로 실시간 특강(을 빙자한 가스라이팅)을 실시하고 가격이 저렴한 선물로 마음을 돌린 나란 아빠, 나쁜 아빠.

· 단비의 표현력이 쑥쑥 자라고 있음을 편지에서 확인할 수 있다.

─ 아빠께

　항상 빨래도 개 주시고 다른 사람에겐 못하는 사랑 표현까

지, 정말 감사해요. 아빠와 함께하는 놀이(여행, 놀이터, 투어

패스 등)는 정말 최고예요! 빨래도 같이 열심히 개고 공부도

열심히 할게요. 우리의 천사 같은 아빠, 언제나 파이팅! 사랑

해요.

　아빠의 천사가 되려 하는 단비 올림

─ 엄마께

　안녕하세요? 엄마. 저 단비예요. 3학년이 되어 엄마와 같이

학교에 다니게 된 게 꿈만 같아요. 항상 우리를 위해 애써

주셔서 감사해요. 자꾸 빨래도 안 개고 놀기만 해서 죄송해

요. 엄마는 우리를 위해 뭐든 해주시는데 저희는 해드리는

게 없네요. 더 노력할게요. 파이팅! 사랑해요.

엄마를 응원하는 단비 올림

– 엄마께

엔트리를 하다가 이제야 편지를 써요. 우선은 영어 있잖아

요. 뭐, 엄마는 늦게 시작하면 따라잡기 힘들다고 하시지만

제가 열심히 할게요. 우리를 믿어주세요^^ 제가 오늘 아침

먹을 때 잠깐 엄마를 봤거든요. 그때 갑자기 '엄마는 참 기적

같은 사람이다.'라는 생각이 뇌리를 스쳤어요. 지금 생각해

봐도 맞는 말이에요. 엄마는 사람과 사람 사이를 이어주고

행복을 주는 존재인 것 같거든요. 그게 꼭 엄마가 해야 할

일은 아니지만, 엄마는 항상 사람들이 올바른 길로 가게 해

줘요.

마지막으로, Happy birthday! Hana.

2024.02.24. 토.

엄마의 기적이 되고픈 단비가

카톡 내용 : 안녕하세요. 머리 긴 정한빛입니다^^ 어제 다온

이 치과 진료 마치고 나오는데 단비가 차에 타지 않아 한참

기다리다 주위를 둘러보니… 단비가 저러고 있었어요ㅠ 저

포즈가 딱 정한빛 씨라서 다온이랑 엄마랑 빵 터졌어요^^;;;

어서와, IB는 처음이지?

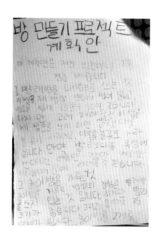

− 제목 : 방 만들기 프로젝트 계획안

− 이 계획안은 저의 의견이니 참조 바랍니다.

[제안의 이유]

⑴ 혼자만의 장소와 시간을 갖고 싶어서

⑵ 다온이랑 방을 같이 쓰면 다온이가 물건을 아무 데나 놔

두는데 엄마는 내가 어지럽힌 걸로 오해해서

[제안 1] 빨래방(빨래 너는 방)을 내 방으로 쓰는 것.

: 빨래방을 제 방으로 만들면 방이 넓고 영토(?)를 쉽게 구분

할 수 있어서 좋습니다. 하지만 고려해야 할 건, 이 방을 제

방으로 쓰게 되면 빨래 건조대를 둘 곳이 사라지고 이불을

널 곳도 사라집니다. 만약 빨래 건조대를 옥상으로 옮긴다면 여름엔 장마, 겨울엔 바람 때문에 어려움이 있을 것 같습니다.

[제안 2] 놀이방을 나누는 것

: 놀이방을 나누는 방안의 장점은 빨래방의 용도를 그대로 살릴 수 있다는 점입니다. 하지만 놀이방은 방의 크기가 작습니다. 입구가 하나라는 것도 단점입니다.

[결론]

빨래 건조대를 따로 놓을 공간이 있다면 1번, 없다면 2번을 선택하면 될 것 같습니다.

- 단비가 영화 시나리오를 쓰기 시작했다. 제목은 〈하트 소녀〉. 친한 동생과 영화를 찍기로 해서 시나리오를 직접 쓰고 있다고 한다. 어깨 너머로 시나리오를 슬쩍 봤는데 쓸데없이 고퀄이라 좀 놀랐다. 단비야, 시나리오 보니까 제작비는 좀 많이 들겠더라. 아빠는 돈이 없으니까 제작비는 투자를 받든 알아서 잘 해결해 봐.

영화 소개

감독: 정단비(특징: 초등학교 3학년)

주연: 신채하, 김미소

대본: 정단비

장르: 꿈, 우정

배경: 학교, 공연장

주요 스토리: 아이돌이 꿈인 활발한 성격의 채하는 갑자기 전학
온 미소와 라이벌이 된다. 미소의 엄청난 아우라
에 채하는 의기소침해질 때도 있지만, 끝까지 자
신의 꿈을 포기하지 않는다. 채하와 미소는 대형
기획사 UV엔터테인먼트 오디션에 나란히 붙고,
같은 팀이 되어 미래로 나아가는데…(시나리오의
대본 디테일이 장난 아닌데, 대본은 지면 관계상 생략
한다.)

• 우연히 컴퓨터를 켰다가 단비가 챗GPT와 대화하는 화면을
보고 말았다. 딸아이의 일기장을 몰래 훔쳐보는 마음으로
둘 사이의 대화를 읽어봤다.

"가끔 부모님이 나에게 뭐라고 하면 나도 모르게 화나는 마

음이 들 때가 있어. 이런 게 사춘기일까?"

챗GPT는 AI답게 AI스러운 답변을 내놓았다.

"성장기의 사춘기는 자연스러운 현상으로, 그 시기에는 신체 구조의 변화에 기인하여 정서가 급변하며…."

아이고, 챗GPT야 챗GPT야. 넌 100일 동안 마늘 먹어도 사람 되긴 글렀다. 이럴 땐 위로부터 해줘야지. 공감 능력이 없어. 공감 능력이….

- 크리스마스에 단비와 둘째 딸 다온이 사이에 격렬한 논쟁이 있었다. 토론 주제는 '산타 할아버지는 존재하는가?'였다. 산타 할아버지가 아무리 많아도 지구를 돌면서 모든 선물을, 그것도 사람들 눈에 띄지 않고 배달하는 건 불가능하다는 단비와 오늘 어린이집에서 산타 할아버지를 두 눈으로 목격했다는 다온이 사이의 불꽃 튀는 토론! 나는 누구의 편도 들어줄 수 없었다.

- 올해 두 아이의 사교육비는 0원이다. 제주도 교육 정책상 읍면 학교는 방과후학교가 무료이고, 단비가 독서의 힘만으로 교육과정을 잘 따라가 주고 있어서 따로 사교육은 시키지 않고 있다. 새삼 두 아이에게 고맙다. 앞으로도 가능한 한 사

교육은 시키지 않을 예정이다. 우리 집은 책과 여행이 사교
육이다.

• 학교에서 복도를 걷다가 다음과 같은 장면을 마주칠 때가
있다.

• 올해는 IB 유망주가 한 명 더 늘었다. 이름은 다온이다. 둘은
매일 아침 손을 잡고 등교한다.(사진 속 단비를 자세히 보면 오
른손에 『해리포터』 책을 들고 있다. 눈 나빠진다고 차에서 책을 못
읽게 했더니 교실 가서 읽겠다고 책을 손에 들고 있다.)

• 단비를 하교시키고 집으로 돌아오는데 재잘대던 단비가 갑

자기 조용해졌다. 무슨 일인가 싶어 얼굴을 봤더니 배시시

웃고 있었다. 가끔 키득대는 소리도 들렸다.

"단비야, 왜 웃고 있어?"

"음… 그냥 웃음이 나왔어요."

그 후로도 혼자 키득대는 모습이 자주 목격되었다. 그때마

다 왜 웃냐고 물어보면 돌아오는 대답은,

"그냥 웃음이 나와요, ㅋㅋㅋ."

매일 웃고 살면 웃는 얼굴이 기본 표정이 되는 것 같다. 지

금 단비의 얼굴이 그렇다. 이젠 무표정한 얼굴이 상상이 안

갈 정도다. 인공위성도 정상 궤도에만 올려놓으면 그다음부

어서와, IB는 처음이지?

터는 저 알아서 잘 돌아간다. 자녀 교육도 이와 비슷하다. 어쩌면 단비는 이미 정상 궤도에 진입했는지도 모른다. 그저 감사하다.

※ 주의사항

자녀의 IB 학교 전입을 준비하고 있다면 반드시 해야 할 질문이 있습니다.

"내 아이는 IB 교육과정에 어울리는 아이일까?"

세상 모든 아이에게 딱 들어맞는 교육과정은 존재하지 않습니다. 당연한 말이지만, IB 학교보다 일반 학교 시스템이 더 잘 맞는 아이들도 많습니다. 실제로 IB 학교에 왔다가 적응하지 못하고 다시 원래 학교로 돌아가는 친구들도 많습니다. 혹시나 IB 학교 전입을 고려하고 있다면, 자녀와 충분한 대화를 나누고 자녀의 특성을 파악한 후, 신중한 결정 내리시길 바랍니다.

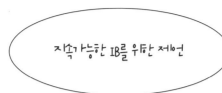

지속가능한 IB를 위한 제언

무릇 작가라 하면 다른 사람들이 보지 못하는 것을 보거나 다른 사람들이 말하지 못하는 것을 말할 수 있어야한다. 나는 지금 당신이 읽고 있는 이 책을 썼지만, 아직 내가 바라는 작가의 경지에는 닿지 못했기 때문에 여전히 작가 지망생 신분이다. 다만 이 글에서는 작가라는 칭호를 얻을 수 있도록 다른 사람들이 보지 못했거나 말하지 못한 것을 보고 말하는 시도를 해보려 한다. 일단은 읽어보시고 괜찮다면 냉수 한 사발, 시원찮다면 욕을 한 사발. 오케이?

IB 학교에 근무하면 다른 학교 선생님과 친구들로부터

어서와, IB는 처음이지?

이런 전화를 자주 받게 된다.

"너 IB 학교 근무한댔지? 요즘 IB가 핫하더라. IB가 뭐야? IB 학교는 일반 학교랑 뭐가 달라?"

그때마다 IB 학교 교사, IB 학부모 입장에서 성심성의껏 답변해 주긴 하는데, 통화 후에도 2%의 찝찝함은 가시질 않는다. 이건 어디까지나 내 얘기고 다른 선생님이나 친구의 자녀가 IB 학교와 잘 맞을지 나는 알 수 없기 때문이다. 세상에 모두에게 들어맞는 완벽한 교육과정은 없다. 지금까지 IB 홍보대사처럼 글을 써놓았지만 나는 가끔, 아니 꽤 자주, IB에 물음표를 던진다. 무엇보다도 가장 큰 의문은 지금의 IB 시스템이 우리나라에서 지속 가능한가 하는 점이다.

지금부터는 IB에서 강조하는 반성과 성찰의 시간이다. 지금까지 IB 생태계의 빛에 관해 이야기를 했으니 이젠 그림자에 대해 얘기해보겠다. 그동안 IB에 제시되어 온 굵직한 문제들, 이를테면 IB 본부에 매년 납부하는 로열티 등 과도한 예산 투입 문제 – IB 학교에 근무하는 어느 교사의 뼈 때리는 지적을 잊을 수 없다. "IB 학교야말로 영리한 비영리 단체 같아요." – 그로 인한 다른 학교와의 형평성, 대입 제도와의 연계성, 소수 엘리트를 위한 교육이라는 비판 등은 논외로 치고, 순전히 현직 교사의 관점에서 IB 정책을 추진하는 분들께 제언을 드리고자 한다.

처음 IB 학교에 와보고 놀랐던 건, IB 학교에 근무하는 선생님들의 열정이었다. 아니, 이걸 담임 선생님 혼자 다 했다고? 이 학교 선생님들은 몸이 열두 개임? 열정을 잃은 자들이여, 열정이 무어냐 묻는다면 고개를 들어 IB 학교 교사들을 보게 하라. 그들을 볼 때마다 나는, 인간의 행위를 일으키는 동기 요인을 분석하는 방구석 심리학자가 된다. 그때마다 반드시 하게 되는 질문이 있다.

"이런 열정은 도대체 어디에서 나오는 거예요? 몸 안에 마르지 않는 열정 샘이라도 있나요?"

IB 학교에 근무한다고 돈을 더 주는 것도 아니고, 승진 점수가 있는 것도 아니고, 전보 가산점이 있는 것도 아니고, 일반 학교에서 해야 하는 업무에서 뭘 빼주는 것도 아닌데, 도대체 무엇이 이들의 열정을 만드는가. 방구석에

서 아내의 용돈을 연구비로 지원받아 연구한 결과는 다음
과 같다.

IB 교육과정이 처음 도입되었을 때, 이 학교에 지원한
교사는 새로운 시도를 두려워하지 않는 열정적인 교사였
을 것이다. 그다음 해 IB에 회의적인 교사가 전입해 온다
고 하더라도 다수가 열정적으로 교육과정을 운영하는 분
위기 속에서는 그도 대세를 따라갈 수밖에 없다. 그러므
로 학교는 열정적인 교사들로만 채워진다.

이것이 나의 잠정적 결론이다. 문제는 지속 가능성이
다. IB 수업을 할 때 자주 등장하는 개념인 '지속가능한 발
전'이라는 렌즈를 대고 현실을 바라보자. 지금의 시스템
은 지속가능할까? 아니요. 아무리 열정파의 비율이 높은
조직이라 하더라도 무한 열정파의 수는 한정적이다. 2~4
년마다 교사가 바뀌는 공교육 시스템상 무한 열정파 교사
들만 지속적으로 IB 학교에 온다는 보장이 없다. 실제로
IB 학교는 내 자녀를 보내고 싶은 곳이지만 선생님으로
가기엔 망설여지는 곳이라는 인식이 퍼지면서 상당수 IB
학교가 교원 수급 문제를 겪고 있다. 이런 추세라면 앞으

로 IB 학교에 근무하는 열정파 선생님들이 떠나간 자리는 IB 학교에 가기 싫었던 선생님들로 채워지게 될 것이다. 그런 학교에 지속가능한 발전이 이어질 수 있을까? IB 학교는 선생님들이 열정을 잃는 순간, 내용은 좋지만 아무도 듣지 않는 결혼식 주례사 신세가 되어버릴 것이다.

이쯤에서 질문하지 않을 수 없다. 왜 IB 학교는 기피 학교가 되어버릴 걸까? 방구석 사회학자 입장에서 바라보건대 이는 당연한 현상이다. IB 학교에 근무한다는 건, 일반 학교에서 해야 하는 일에 '+α'(플러스 알파)가 더해지는 일이기 때문이다. 심지어 IB 학교 대부분이 시내에서 먼 곳에 떨어져 있다. 새로운 교육 시스템을 배워보겠다고 오는 사람을 제외하고 누가 굳이 힘든 일 하겠다며 먼 길을 찾아오겠는가? 어느 회사에서 채용 공고를 냈는데 채용 조건에 '동종 업계 다른 회사와 월급, 근무 시간, 하는 일 등 근무조건은 같음. 다만 일은 2배로 해야 함.' 이렇게 쓰여있다면 누가 이 회사에 지원하겠는가? (이거 비유 좀 찰졌다. 인정?)

어서와, IB는 처음이지?

지금부터 해결책을 제시하겠다. 글 써놓고 '이거 심각한 문제임. 나머지는 아몰랑. 너희가 알아서 해.' 해놓고 도망갈 사람은 아니다. 다른 거 필요 없다. IB 학교의 전체 업무량 파이를 줄여야 한다. IB 학교는 이미 IB 학교만의 고유업무를 한 보따리 수행하고 있다. 단원마다 IB 플래너를 작성하고, 단원이 시작할 때마다 탐구 단원 안내자료를 보내고, 단원이 끝날 때마다 탐구 단원 통지표를 보내고, 단원마다 산출물로 교실과 복도 게시판을 꾸미고(교실 환경 미화만 1년에 최소 6번 하는 셈이다.), 의무적으로 전체 공개 수업을 하는 등(나는 IB 학교에서 생애 최초로 전체 공개 수업을 했다. 그것도 1년에 2번!) 일반 학교였다면 하지 않았을 일들이 IB 학교에서는 기본값으로 주어진다. 그럼 다른 업무를 줄여주느냐? 그럴 리가. 다른 일반 학교에서 하는 업무가 똑같이 주어진다. 그러니 다른 업무 하다 보면 IB에 신경 쓸 여력이 없다는 말이 나오는 것이다. 이쯤 되면 나올만한 반론이 있다.

"그런 업무도 다 필요하니까 있는 것 아니겠어요? 세상에 필요 없는 업무가 어디 있나요?"

있다. 학교에는 있다. 이런 건 도대체 왜 해야 할까 싶은 업무가 정말이지 너무 많다. 아마 모든 선생님이 나와 같은 생각일 것이다. 업무라 부르기엔 너무 쓸데없기 때문에 우리가 흔히 잡무라 부르는 것들. 한다고 티 나는 건 아닌데 안 하면 바로 티 나는, 실제 교사가 가르치는 데 써야 할 에너지를 모기처럼 쪽쪽 빨아가는, 교육감이 바뀔 때마다 줄이겠다고 약속하지만 정작 더 늘어나는 알쓸신잡(**알**아두면 정말 **쓸**데없는 **신**기하게도 존재 가치가 없는 **잡**무). 현 시점에서 교육의 질을 높이는 가장 빠르고 현실적인 대책은 잡무를 없애는 것이다. 잡무만 없애도 교육의 질이 급상승할 거라 장담한다. 말 나온 김에 나는 인간을 널리 이롭게 하는 홍익인간의 후예이므로, 이 연사 목놓아 외칩니다. 기왕 없앨 거 전국 모든 학교의 잡무를 없앱시다! (전국 교사 일동, 소리 질러!)

다시 IB 학교로 돌아가 보자. 앞에서 IB의 장점들만 열거해 놓았지만, 지난 1년간 IB 학교의 특수성을 고려하지 않은 학교 안팎의 요구(매년 새롭게 도입되는 정책, 해가 갈수록 줄기는커녕 많아지는 잡무, 해마다 바뀌는 규정, 일반 학교보다 오히려 더 많은 행사 등)를 보며 다음과 같은 생각을 수없이 했음을 고백한다.

'일반 학교로 옮겨서 나만의 IB 교육과정을 운영하자. 이거야말로 금상첨화 아닌가? 교육과정은 내 스타일대로 운영하면서 IB에서 요구하는 자료 제출은 안 해도 되고, 전체 공개 수업 안 해도 되고, 행사는 딱 필요한 행사만 하고 얼마나 좋아? 그런데 학교를 떠나자니 K-초등학교 멤버가 너무 좋단 말이지. 그래! 이 선생님들 데리고 나가서 학교를 하나 새로 차리는 거야! 다음 생에.'

며칠 전, 국제학교에서 근무하는 선생님이 쓴 글을 읽었다. 몇 년 전까지 도내 다른 초등학교에서 근무하다가 국제학교로 옮긴 선생님이 쓴 글이었다. 선생님은 국제학교의 수업 시수가 너무 많고 사기업 같은 경영방식에 놀랄 때도 많다고 적었지만, 결정적인 이유 하나 때문에 다시 공교육으로 돌아가진 못할 것 같다고 썼다. 그 이유를 보고 나는 고개를 끄덕일 수밖에 없었다.

'국제학교는 쓸데없는 잡무가 없다. 가르치는 데만 집중

할 수 있다.'

껍데기는 가라. 이제 우리도 본질에 집중할 때가 됐다.

3장

카나리아의 신음 소리가 들려올 때

카나리아의 신음이
이웃의 비명이 되기 전에

나에게는 예지 능력이 있다. 이 예지 능력을 활용해 재테크를 하면 돈 많이 벌겠다 싶겠지만, 안타깝게도 나의 예지 능력이 거기까지 닿진 못한다. 나의 예지 능력은 오직 사회 변화를 감지하고 수집한 정보를 바탕으로 미래를 예측하는 데만 국한된다. 지금부터 사회 변화를 감지하고 미래를 예측하는 방법에 대해 강의를 해보겠다.

사람은 누구나 페르소나(사회적 가면)를 쓰고 살아간다. 보여주고 싶은 나는 드러내고, 보여주기 싫은 나는 어떻게든 감추려고 노력한다. 사회적 평판이 중요하고 동조 압력이 강한 우리나라에서는 이런 경향이 더 두드러진다.

그렇다면 겉으로 드러나지 않는 사람들의 본심은 어디서 찾을 수 있을까? 나는 인터넷 댓글 게시판에서 찾는다. 인터넷 댓글 게시판은 보여주기 싫은 나를 마음껏 드러낼 수 있는 유일한 공간이다. 현실에서는 온순한 양이 늑대보다 압도적으로 많은데 인터넷만 들어가면 악플러, 방구석 여포, 키보드 워리어, 새도 복서들이 판치는 이유가 여기에 있다. 현대인들은 온라인 자아와 오프라인 자아를 두 갈래로 동시 운용한다. 자연스러운 현상이다.

여기서 질문! 온라인 자아와 오프라인 자아 중 어느 게 진짜 나에 가까울까? 당연히 온라인 자아가 진짜 나에 가깝다. 타인에게 선뜻 드러내지 못한 생각을 익명이라는 탈을 쓰고 마음껏 풀어놓을 수 있는 곳이 인터넷이기 때문이다. 'KBS 신입 기자, 과거 일베 활동으로 물의', '성희롱, 장애인 비하 일베 공무원 임용 취소' 같은 뉴스가 잊을만하면 터지는 이유도 여기에 있다. 사람들은 그들에게 묻고 있는 것이다. 이게 진짜 네 생각이잖아? 솔직히 안 그래?

나도 진짜 나의 솔직한 생각을 밝히려 한다. 다음은 몇

어서와, IB는 처음이지?

년 전 어느 날, 일기장에 끄적여놓았던 글이다.

대한민국의 교실에 희망은 있는가?

십여 년 전부터 느껴온 교육 현장의 변화는 답을 주저하게 만든다. 현실은 시궁창이다. 갈수록 아이들의 공감 능력이 떨어지고 있다. 수치를 확인할 필요 없다. 그냥 피부로 와닿는다. 소위 금쪽이라 불리는 아이들의 숫자는 급증하고 있다. 툭하면 주먹부터 나가는 아이, 잘못해도 전혀 사과할 줄 모르는 아이, 차별과 혐오의 언어를 일상적으로 내뱉는 아이, 일베 용어를 뜻도 모르고 쓰며 웃는 아이. 그 아이들이 마음껏 분노와 불안을 분출하는 동안 교실은 언제 비명이 터져도 이상하지 않은 공포 영화 세트장 같은 곳이 되어버렸다. 선한 대다수 아이는 겁에 질려있지만, 이들 중 일부는 금쪽이에게 동화되어 갈 것이다. 다정이(다정한 아이들)들은 다중이(다중인격)들로 꾸준히 대체되고 있다. 다중이가 다정이보다 많아지는 순간 교실은 붕괴할 것이다. 방과후 교실에 엎드려 울고 있는 선생님을 찾아와 위로해 주는 아이들이 한두 명 남아 있다는 게 희망이라면 희망일까.

문제는 개선 가능성이다. 내가 보기에 금쪽이의 행동을 교정할 유일한 경우의 수는 학교와 부모의 합작뿐이다. 다시 말해 학교의 훈육과 가정의 지속적인 노력, 이 둘의 협력만이 행동의 변화를 가져올 수 있다. 그러나 학교는 더 이상 훈육을 할 수 없다. 목소리가 높아지거나 다른 아이를 때리는 금쪽이의 손목만 잡아도 아동학대로 고소당하는 상황에서 누가 잘릴 각오를 하고 금쪽이를 말리겠는가? 이제 가정의 노력만이 남았다. 아이의 부모에게 전화를 건다. 단 1분만 대화해 보면 알게 된다. 그 아이가 왜 그런 아이가 되었는지. 간혹 부모와 대화가 되는 경우도 있다. 이런 경우는 매우 희망적이다. 나부터 도와주고 싶다. 부모와 대화하며 노력하다 보면 실제 아이의 행동은 개선된다. 몰라볼 정도로 달라지는 경우도 있다. 이런 경우가 드물다는 게 문제지만.

금쪽이와 대화 안 통하는 부모의 공통점은 항상 화가 나 있다는 것이다. 물이 100도에서 끓듯 분노도 100도에서 폭발한다고 치자. 99도의 물에 1도의 열만 더해져도 물이 끓듯 이미 99도의 분노를 내면에 가진 아이는 분노가 1도만 더해져도 폭발한다. 그런 아이들이 한두 명만 있어도 교실은 시한폭탄이다. 언제 터질지 아무도 모른다. 터지면 모두가 피해자가 되지만 사실상 막을 방법은 없다. 마음대로 분노를 분출하고 그제야 마음이 편안해질 금쪽이를 제외한 모두가 피해자다. 교권은 땅에 떨어지다 못해 지하를 뚫고 들어가고 있다. 참다 참다 무너지는 선생님들의 숫자가 기하급수적으로 늘어나고 있다. 버티다 버티다 못 버틴 교사들은 미련 없이 교직을 떠난다. 나 또한 몇 년 전부터 이 모든 변화를 예측하고 이직을 준비 중인 교사 중 하나다.

교사 커뮤니티에는 의원면직에 대해 문의하는 글이 발에 차인다. 드디어 의원면직했다며 경험담을 공유하는 사례도 심심치 않게 찾아볼 수 있다. 불과 몇 년 전까지만 해도 이런 글에는 '여기가 전쟁터라면 바깥세상은 지옥이라던데' 따위의 걱정 어린 댓글이 주를 이뤘다. 이제는 커뮤니티 구성원 모두가 진심 어린 축하를 해준다. 누구도 그들에게 뭐라 할 수 없다. 길가는 개구리에게 돌을 던져놓고 왜 하필 거기 있었냐고 말하면 개구리가 얼마나 억울하겠는가? 나는 다시 묻지 않을 수 없다. 대한민국의 교실에 미래는 있는가?

과거 탄광 안에는 카나리아 새가 있었다. 카나리아는 탄광 안

유해가스가 위험 수위를 넘기기 시작하면 노래를 멈추고 신음 소리를 냈다. 인간도 위험하다는 신호였다. 덕분에 광부들은 더 큰 위험이 닥치기 전에 조치를 취할 수 있었다. 붕괴하는 공교육은 탄광 속 카나리아처럼 대한민국의 어두운 미래를 암시하는 전조이다. 나는 지구 온난화보다 공교육 붕괴가 훨씬 두렵다. 공감 능력을 상실한 아이들이 자라 어른이 될 미래엔 어떤 세상이 펼쳐질까? 미래의 대한민국이 들이밀 청구서가 벌써부터 두렵다. 지금 교실 속 카나리아의 신음은 미래엔 내 이웃의 비명이 될 것이다. 가장 안타까운 건, 훗날 지금 교육 현장의 신음을 외면한 대가를 치르게 됐을 때, 피해자 대부분은 공교육이 그토록 지키고 싶어 했던 사회적 약자가 될 거라는 사실이다. 마지막으로 묻지 않을 수 없다.

대한민국에 미래는 있는가?

몇 년 후 우려하던 일이 터지고 말았다. 서이초 사건이 터진 것이다.

밤이 깊을수록
새벽이 가깝다

소파에 편히 등을 기대어 JTBC 뉴스를 보던 7월 어느 저녁. 뉴스에서는 며칠 전부터 사회적 공분을 일으키고 있는 서이초 사건 소식이 보도되고 있었다. 마음 편히 볼 수 있는 뉴스가 아니었기에 자세를 바르게 고쳐 앉았다. 기자는 서이초 선생님의 일기장을 입수했다며 일기장 일부를 공개했다. 화면을 유심히 따라가던 내 시선은 화면 가득 클로즈업된 서이초 선생님의 일기장 한 문장에 꽂혔다.

"왜 자꾸 우리 아이한테만⋯."

"어머니, 그럼 그냥 놔둘까요? 아이가 뭘 하든 그냥 놔두면 되나요?"

심장이 쿵 하고 내려앉았다. 서이초 선생님의 6월 어느 날 일기장에 있던 저 문장은 어딘가 낯이 익었다. 설마⋯ 저 문장은 내가 인디스쿨(초등교사 인터넷 커뮤니티. 이하 인디.)에 올린 글과 너무도 닮아 있었다. 글을 올린 날짜를 찾아봤다. 제목은 '악성 민원 학부모에게 받은 만큼 되돌려주는 법'. 글을 올린 날짜는 6월 8일. 서이초 선생님이 일기장에 글을 쓴 날짜도 6월이었다. 서이초 선생님은 내 글을 읽으셨던 걸까? 아니면 나랑 생각이 정확히 일치해서? 머릿속이 복잡해졌다. 더는 편하게 소파에 누워 있을 수 없었다. 집 밖으로 나와 목적지도 없이 두 시간을 내리 걸었다. 집에 돌아온 후에도 마음이 가라앉지 않았다. 그날 밤은 유난히 길었다.

글을 쓰게 된 경위는 이랬다. 언젠가부터 인디에는 악성 학부모 민원에 괴로움을 토로하는 글이 분 단위로 올라왔다. 선배 교사로서 그 마음이 얼마나 괴로울지 누구보다 잘 알기에 시간 날 때마다 틈틈이 댓글을 달곤 했다. 고맙다는 대댓글이 주르륵 달렸다. 이런 글이 급증하자 아예 '인디스쿨 조언'이라는 제목의 파일을 따로 만들었다. 인간관계, 민원, 사직, 외로움, 우울증 등 고민 유형별로 조언해줄 내용을 글로 써놓고 복붙해서 댓글을 달았다. 어느 시점엔 이조차도 역부족이었다. 따라잡을 수 없을 만큼의 도움 요청 글이 쏟아졌다. 나는 다른 사람의 힘든 사연을 접할 때마다 나도 모르게 공감 회로 스위치가 눌려버려 내 감정도 함께 소진되는 타입이다. 나는 점점 지쳐갔다. 이러다 내가 쓰러질 것 같았다. 아예 학부모 민원 대처법을 주제로 글을 쓰고, 당분간은 인디에 들어오지 않기로 했다. 그렇게 게시판에 올린 글이 '악성 민원 학부모에게 받은 만큼 되돌려주는 법'이었다.(이땐 참 순진했다. 악성 민원 학부모가 마음먹고 달려들면 나도 방법 없다. 현행법 아래에서는 누구나 마찬가지다. 이 주제는 뒤에 「그런 법이 어디 있어? 응, 여기 있어」 편에서 다루겠다.)

이 글은 올리자마자 댓글이 폭발적으로 달렸다. 글을 올린 지 불과 몇 시간 만에 인기글로 올라갔다. 인기글에 올라가면 화면의 잘 보이는 곳에 노출시켜 주는 인디 게시판 특성상 글은 삽시간에 퍼졌다. 며칠 만에 2만 명 가까운 선생님이 글을 읽었다. 실제 서이초 선생님께서 내 글을 읽으신 게 맞는다면, 아마도 이때 내 글을 읽으셨을 것이다. 글로나마 힘든 사람들을 위로했다는 뿌듯함은 진한 아쉬움과 후회로 변했다. 아쉬움과 후회는 이내 죄책감으로 얼굴을 바꿨다.

'저는 경력이 많아서 이렇게 대응할 수 있는 거예요. 저경력 선생님들은 이런 대응이 쉽지 않다는 걸 저도 압니다. 저도 그땐 그랬거든요. 선생님 잘못이 아닙니다. 자책하지 마세요.'라고 덧붙일걸. '시간이 지나면 민원 대응 노하우도 생기고 마음에 굳은살도 박여서 절망감에서 빠져나오는 시간도 짧아집니다. 일단 주위 선생님께 도움을 요청하세요. 필요한 경우에는 병원에서 상담도 받아보시고요. 절대 혼자 끙끙 앓지 마세요.'라고 덧붙일걸. '우리는 신이 아닙니다. 지금 교육 현장에서 일어나고 있는 모든 일은 결코 선생님 잘못이 아닙니다. 저 또한 운이 좋았을 뿐입니다. 우리 함께 힘을 모아서 대책을 마련해 봐요. 선생님은 혼자가 아니에요.'라고 덧붙일걸.

그런다고 선생님의 결정을 되돌리진 못했겠지만, 그랬다면 잠시나마 위로가 되지 않았을까? 선생님은 내 글을 보며 이렇게 대응하는 선생님도 있구나 하며 위로를 받았을까? 그럴 수 없는 자신을 탓했을까? 선생님은 얼마나 저 말을 입 밖으로 꺼내고 싶으셨을까? 저 문장이 자기만 볼 수 있는 일기장에 있었다는 게 못내 마음에 걸렸다. 괴로움을 털어놓을 데가 없어 저 문장을 일기장에 꾹꾹 눌러쓰며 홀로 감정을 삭여야 했을 선생님의 어느 밤이 떠올라 가슴이 먹먹했다.

다른 사람의 감정에 공감한다는 건 서로의 마음을 이해하고 보듬어줄 수 있다는 점에서는 희망이지만, 결코 타인의 감정을 오롯이 느낄 수 없다는 점에서는 한계이기도 하다. 나는 결코 서이초 선생님의 마음에는 닿을 수 없을 것이다. 그 마음이 어떤 마음인지 고통의 크기를 가늠할 수 없어서, 하지만 어떤 마음일지 모양은 짐작이 가서 지금도 선생님의 그 밤을 생각하면 마음 한구석이 시리다. 수업 중 의자를 뒤집고 발로 차는 아이, 갑자기 교실을 뛰쳐나가는 아이, 울면서 물건을 집어 던지는 아이. 이런 아이가 학급에 한 명만 있어도 몸과 마음의 에너지가 다 빠져나간다. 그 교실에는 그런 학생이 여럿 있었던 것으로 알려졌다. 진이 다 빠진 상태로 하교 후 서이초 선생님이 응대한 하이톡은 3개월간 2,000여 건. 2,000건의 하이톡 중 선생님을 응원하거나 위로하는 메시지는 몇 개가 됐을까? 지금도 2,000이라는 숫자 앞에 숨이 턱턱 막힌다.

선생님의 마지막을 떠올려본다. 3일만 버티면 방학이었다. 나는 절망의 힘을 과소평가했고 희망의 힘을 과대평가했다. 절망은 너무도 쉽게 희망을 집어삼킨다. 선생님에게는 3일을 버틸 힘마저 남아 있지 않았다. 가장 가슴 아팠던 건 세상을 떠난 장소였다. 선생님은 왜 하필 교실 옆 비품실을 마지막 장소로 선택했을까? 선생님도 알고 계셨던 건 아닐까? 집이나 다른 장소에서 발견되면 이 사건도 예전의 다른 사건들처럼 묻혀버릴 거라는 사실을. 실제로 선생님이 세상을 떠나기 몇 달 전, 학부모 민원에 시달리던 선생님이 집에서 스스로 세상을 등진 사건이 있었으나 세상은 외면했다. 어쩌면 이건, 다잉 메시지가 아닐까? 남아 있는 선생님들을 위해 공교육의 비참한 현실을 세상에 알리기 위한 다잉 메시지.

어서와, IB는 처음이지?

정작 선생님을 죽음으로 내몬 사람들은 분노의 담벼락 뒤에 숨었다. 경찰은 가해자가 없다고 발표했다. 학교 관리자는 사건을 숨기기에 급급했다. 교육부와 교육청은 표적을 가해자와 학교로 돌렸다. 사건이 터질 때마다 지겹게 반복되어 온 패턴이었다. 그들이 이런 태도를 보이는 이유는 쉽게 추측할 수 있다. 그들은 이미 알고 있는 것이다. 냄비처럼 들끓던 분노도 시간만 지나면 김이 빠진다는 걸.

이번 사건은 달랐다. 그동안 힘들어도 어디 터놓을 데가 없어 속으로만 끙끙댔던 선생님들이 목소리를 내기 시작했다. 분노가 들불처럼 퍼져나갔다. 서이초 사건이 전국 교사들의 울분을 사회로 퍼 나르는 스피커가 되어준 것이다. 사회는 그제야 반응했다. 연이어 교권 침해의 심각성을 알리는 뉴스들이 보도되었다. 불면의 밤이 시작되었다. 분노, 미안함, 후회, 무력감 등이 뒤섞인 감정에 뒤척이다 지쳐 잠드는 밤이 이어졌다.

그중에서도 호원초 사건은 유독 마음이 아팠다. 같은

학년 두 선생님, 그것도 옆 반에 나란히 근무하던 두 선생님이 교권 침해에 시달리다 6개월 간격으로 세상을 떠난 사건. 한 초등학교에서 옆 반 담임 선생님이 연달아 세상을 떠났다는 건 극히 이례적인 일이다. 이런 사건이 어떻게 보도조차 안 됐을까? 나는 이 지점에 주목했다. 이 사건을 꼼꼼히 되짚어 보면 그동안 수많은 교권 침해 사건들이 왜 수면 위로 드러나지 않았는지 알 수 있다. 언론에 공개된 경기도교육청의 교사 사망 현황을 보면 2018년부터 2022년까지 경기도에서만 28명의 교사가 스스로 세상을 떠났다. 그런데 명단에 두 선생님은 없었다. 故 김은지 선생님은 단순 사고사로 보고되었고, 故 이영승 선생님은 아예 보고조차 누락되었기 때문이었다. 학교가 사건을 축소, 은폐한 것이다. 이런 식으로 감춰지고 묻힌 사건은 또 얼마나 많을까? 그들은 왜 세상을 떠나야만 했으며, 왜 우리는 그들이 세상을 떠난 이유조차 알 수 없었던 걸까?

나는 선한 사람이 악에 의해 고통받는 서사에 유난히 약하다. 사건의 진실에 다가갈수록 심적으로 힘들어질 게 뻔하기 때문에 웬만하면 이런 사건은 실체에 다가가길 꺼린다. 연일 보도되는 교권 침해 사건들에 심리적 거리 두기를 했다면 내 마음은 편했을까? 그러나 사건 피해자가 내 동료 교사였기에, 그들이 겪었을 고통이 어떤 마음일지 누구보다 잘 알기에 못 본 척할 수 없었다. 사건의 진실을 알리려면 사건의 실체에 다가가야 했다.

평소 범죄심리학에 관심이 많아서 관련 서적만 수백 권 읽은 나지만, 웬만한 스릴러는 눈 하나 깜짝 안 하고 보는 스릴러 영화 마니아지만, 故 이영승 선생님 사건은 피해자의 고통을 상상하는 것만으로도 힘들었다. 흐린 눈을 뜨고 다가가도 사건의 실체에 가까워질 때마다 온몸에 소름이 돋았다. 기어이 나는 악의 결정체를 보았다. 선이라고는 1도 찾아볼 수 없는 순도 100% 절대악. 지금도 나는, 그런 사람들이 길거리에서 나를 스쳐 지나는 사람 중 하나일 수도 있다는 사실이 소름 끼친다. 200만 원 남짓의 월급 중 매달 50만 원을 학부모에게 송금하는 심정은 어떤 마음일까? 심지어 그 사건은 선생님 잘못도 아니었다. 꿀맛 같은 군대 휴가를 나와 그 학부모를 찾아가는 마음은 어떤 마음일까? 굳이 학부모가 괴롭히지 않아도 이미 지옥이었을 군대 생활관에서 그 학부모의 전화를 받는 마음은 어떤 마음일까? 부대 전화번호를 알려 준 사람은 무슨 생각으로 전화번호를 알려 준 걸까? 그런데 그런 식으로 괴롭히는 학부모가 한 명이 아니고 셋이라면?

이 셋 중 한 명은 선생님이 세상을 떠난 날, 선생님이 연락을 안 받는다며 교무실을 찾아갔다. 교무실에서 굉장히 난폭하게 행동했다는 동료 교사의 증언이 있었다. 선생님이 갑작스럽게 작고하셨다고 학부모에게 말씀드리자 학부모는 믿을 수 없다며 장례식장을 찾아갔다. 당시 장례식장에서 녹취된 유족과 학부모의 대화를 듣고 있으면 피가 거꾸로 솟는다는 느낌이 어떤 느낌일지 알 것 같다.

유족: 여기 서 있는 시간도 상당히 길었는데 들어오세요.

학부모: 아니에요. 인사하러 온 거 아니에요.

유족: 어머니, 남의 장례식장이 놀이터예요?

학부모: 아니, 저한테 화내시는… 저 아세요?

유족: 저 어머니 몰라요. 어머니 성함 얘기 안 해주셨잖아요. 누구 학부모인지도 얘기 안 해주셨잖아요.

어서와, IB는 처음이지?

학부모: 제가 못 올 데를 왔나 봐요. 그렇죠?

기자가 해당 학부모에게 인터뷰를 요청하자 학부모는 기자를 역으로 조사하겠다며 적반하장의 태도를 보였다. 사과는 못 할망정 '모.르.겠.습.니.다!' 스타카토로 끊으며 화를 내는 화법에는 두 손 두 발 다 들었다. 나는 더 이상 선생님께 '그래도 조금 더 버텨보지 그랬어요.'라는 말을 할 수 없다. 그런 괴롭힘을 당하고 누가 살아남을 수 있을까? 새하얀 옷일수록 검은 때가 더 눈에 띄듯 선할수록 악을 상대하는 건 어려워진다.

故 이영승 선생님은 세상을 떠나기 전, 자신이 총무를 맡고 있던 친목회 계좌 잔액을 다른 선생님께 송금했다고 전해진다. 세상을 떠나는 마지막 순간에 학교 일을 챙기는 마음은 또 뭘까? 그리고는 다음과 같은 문자를 남기고 세상을 떠났다.

'아이들은 평범한데 제가 이 일이랑 안 맞는 것 같아요. 하루하루가 힘들었어요. 죄송해요.'

속으로 울었던 장면이다. 왜 항상 착한 사람들은 본인

탓을 먼저 할까? 내가 이 일과 안 맞는 것 같다는 생각을 한 번도 안 해본 선생님이 있을까? 같은 학교였다면 술이라도 한잔하면서 푸념이라도 들어줬을 텐데. 얼굴 한 번 본 적 없는 후배지만 선배 교사로서 내가 할 수 있는 일은 정녕 없었을까? 혼자 힘으로 바꿀 수 있는 건 없다며 더 부딪혀보지 않았던 나를 되돌아보게 됐다. 지금도 故 이영승 선생님 뉴스 기사에는 그를 추억하는 제자들과 군대 동료들의 댓글이 달린다. 너무 좋은 사람이었다고. 이렇게 가면 안 되는 사람이라고. 故 이영승 선생님의 아버지는 아직도 선생님의 생전 사진과 영상을 유튜브에 업로드하신다. 내가 아는 세상에서 가장 슬픈 유튜브다.

　슬퍼하고 있을 수만은 없었다. 지금 이 순간에도 많은 동료가 절망 속에서 허우적대고 있었다. 뭐라도 해야 했다. 다행히 우리에겐 인디라는 구심점이 있었다. 매일 아침 일어나자마자 인디에 접속하는 게 하루의 시작이 됐다. 분노를 변화로 바꿀 수 있는 다양한 의견들, 지금이라도 우리가 할 수 있는 일, 해야 할 일들이 실시간으로 업데이트되고 있었다. 그것은 일종의 방학 숙제였다. 귀찮더라도 해야 하는, 몰아서라도 해야 하는, 다 못하고 개학날 학교에 가면 찝찝한, 반드시 해내야 하는 방학 숙제. 기꺼운 마음으로 숙제를 하나하나 해나갔다.

실시간으로 올라오는 각종 청원에 서명하고 주위 사람들에게 SNS로 알렸다. 교권 침해를 보도하는 뉴스가 한 건이라도 더 노출되도록 각 방송사의 유튜브를 찾아가 뉴스를 시청하고 '좋아요'와 '후속보도 요청'을 눌렀다. TF팀 설문조사에 참여해 의견을 제시하고, 탄원서가 필요한 사안에는 직접 탄원서를 작성해서 보냈다. 교권 침해 사건 은폐 의혹이 보도된 해당 학교와 교육청 등으로 사건의 진상규명 및 가해자, 방관자들의 각성을 촉구하는 근조 화환을 보냈다. 근조 화환을 한 번에 여러 개씩 지속적으로 보내기 위해 근조 화환 모금 오픈 카톡방에도 가입했다.

"뉴스 보셨어요? ○○초등학교에도, ○○교육청에도 보내야 할 것 같아요."

"방금 전에 ○○ 사이트에 입법 청원 올라왔어요. 내일까지 5만 명이 동의를 눌러야 하는데 아직 조금 부족해요. 동의 눌러주시고 주변에 널리 알려 주세요."

"이번 사건을 겪고 나서 학기 초에 보내는 학급경영 안내 가정통신문을 새로 만들었어요. 다른 선생님께 도움이 됐으면 하는 마음으로 여기 올립니다."

글 하나하나에 땀방울과 희망이 맺혀있었다. 새로운 사건이 보도될 때마다 보내야 할 근조 화환 개수와 송금해야 할 돈이 늘어났지만, 희한하게도 그럴수록 마음의 짐을 더는 느낌이었다. 카톡방을 개설하고, 카톡방 구성원을 모집하고, 사건이 발생한 해당 학교 근처의 꽃집을 수소문하고, 화환을 보내고, 인증 사진을 보내고, 다시 모금하고, 통장을 확인하고, 금액을 정산하여 카톡방에 올리는 수고를 마다하지 않는 방장에 비하면 내가 하는 일은 아무것도 아니었다.(근조 화환 몇 개를 보내고 해산할 예정이었던 카톡방은 사건이 연이어 터지는 바람에 활동을 이어갔고, 현재도 카톡방이 남아 있다.)

선생님들은 오프라인에서도 모였다. '일단 모이죠. 답

답해서 안 되겠습니다.'라는 제목의 글이 신호탄이 되어 매주 자발적 집회가 열렸다. 7월과 8월의 땡볕 아래, 불에 달군 듯 뜨거운 아스팔트 위에서, 전국 각지에서 모인 수만 명의 인파가 거리를 가득 메웠다. 규모가 이쯤 되면 집행부의 역할이 중요해진다. 잘해봐야 본전이고 못하면 좋은 일을 하면서도 욕을 먹는, 독이 든 성배 같은 역할이다. 하물며 몇만 명이 모이는 집회다. 작은 모임이라도 운영해 본 사람은 안다. 몇만 명이 모이는 집회의 총대를 멘다는 게 얼마나 어려운 일인지. 집회 신고를 하고, 현수막과 홍보물을 제작하고, 회의를 통해 집회 피켓 문구를 정하고, 모든 수입 지출 내역을 파일로 정리하고, 집회 도우미들을 모집하고, 지방에서 올라오실 선생님들을 위해 교통편을 마련하고, 계좌를 열어 집회 금액을 모금 받고, 집회가 끝난 후에는 집행 금액을 정산하여 사람들에게 알리고, 집행부 자료는 다음 집행부로 넘기고. 이런 일들을 돈한 푼 안 받고 자발적으로 해내는 사람들이 있다는 게, 그런 사람들이 속한 조직에 나도 속해 있다는 게 자랑스러웠다.

집회에 필요한 돈을 모금하는 계좌는 인디에 집회 후원금 계좌가 공개되자마자 몇 시간 만에 마감되는 진풍경이 연출되기도 했다. 이른바 '집회 후원금 계좌 오픈런 사태'. 이번 집회 후원금 계좌는 언제 오픈되냐며 서로 먼저 돈을 내겠다고 다투는 모양새라니. 옆에서 지켜보며 항상 느끼는 거지만 대한민국 선생님들은 참 대단하다. 난 어쩌면 그들처럼 할 수 없어서 떠나려는 건지도 모른다. 먼 훗날 학교에서의 지난날을 웃는 얼굴로 추억할 수 있게 된다면 9할은 그들 덕분이다.

그럼에도 불구하고 채워지지 않는 부채 의식이 있었다. 사실 그동안 온라인 열사라도 된 것처럼 스마트폰을 무기 삼아 열심히 싸웠던 건, 땡볕 속에서 목이 터져라 구호를 외치고 있을 집회 참가 선생님들에 대한 부채 의식 때문이었다. 30만 명 이상이 몰린 9월 2일 집회 참가로 마음의 짐을 조금 덜어내긴 했지만, 여전히 땡볕 속에서 집회에 참여한 선생님들께는 마음의 빚이 남아 있다.

세계 2차 대전에 참여한 영웅들의 활약상을 다룬 전설

어서와, IB는 처음이지?

의 미드 〈밴드 오브 브라더스〉는 어느 참전 용사의 인터 뷰로 대단원의 막을 내린다. 2023년 여름, 도심 한복판의 뜨거웠던 투쟁을 떠올릴 때마다 생각나는 장면이어서 여기 옮긴다.

〈밴드 오브 브라더스〉 Last scene

예전에 손주 녀석이 이렇게 물어보더래요.

"할아버지는 전쟁 영웅이에요?"

그래서 이렇게 말했다죠.

"아니다. 할아버지는 영웅들과 함께 싸운 것뿐이야."

어느 프로불편러의 입장문

K-초등학교 선생님께

창살 없는 감옥이라는 표현이 왜 생겼는지 알 것 같습니다. 지금 이 순간에도 물음표 2개가 저를 괴롭힙니다. 동료 교사에게 본의 아니게 피해를 끼치면서까지 내 신념을 지키는 게 옳은가? 그럴만한 가치가 있는 신념인가? 그냥 눈 딱 감고 출근해 버리면 되는데. 그러면 다른 선생님께 민폐 끼치지 않아도 되는데. 솔직히 이런 생각도 듭니다. 사회와 학부모는 내 결정을 받아들여 줄까? 이번 결정으로 지금껏 쌓아온 신뢰가 무너져 내리는 건 아닐까? 이러한 내적 갈등 뒤에는 '괜한 징계를 받아서 나중

어서와, IB는 처음이지?

에 명퇴 신청할 때 결격 사유가 되는 건 아닐까' 하는 알량한 마음도 포함되어 있음을 뒤늦게 고백합니다.

저는 왜 굳이 가시방석에 앉아 이 글을 쓰고 있는 걸까요? 처음 서이초 사건이 보도된 7월 어느 날로 시계추를 돌려볼게요. 모든 선생님처럼 저 또한 분노했지만, 이때까지만 해도 1인분만큼의 분노였음을 부인하지 않겠습니다. 사실 저는 언젠가는 이런 일이 일어날 것을 예감하고 있었습니다. 인디에 심적 고통을 토로하는 글이 급증하는 걸 오래전부터 감지했거든요.

'죽고 싶습니다.', '훌훌 떠나고 싶습니다.', '왜 살아야 하는 걸까요?'

하루하루가 위태로운 선생님들이 너무 많았습니다. 글을 읽다가 이분은 정말 심각하다 싶은 선생님들께는 장문의 쪽지를 보내기도 했습니다. 그러나 근본적인 해결책이 될 수는 없었습니다. 시스템이 바뀌지 않는 한 이런 분들이 늘어갈 수밖에 없었죠. 그러던 중 서이초 사건이 터졌습니다. 이래저래 심란한 방학을 보내고 피부에 와닿는 변화 하나 없이 암울한 2학기가 시작되었습니다. 어느 날

K 선생님이 교실로 찾아왔습니다. 저에게 공교육 멈춤의 날 투쟁에 동참할 의사가 있냐고 묻더군요. K도 저와 같은 고민을 하고 있던 거예요. 방학 동안 온라인 열사를 자처하며 주말 집회에 나가지 않았던 저와 달리, 방학 동안 비행기 타고 2번이나 집회에 참여했다는 K를 보며 어찌나 부끄럽던지요.(지난 주말 집회까지 합치면 3번이네요. K, 한참 후배지만 제가 리스펙하는 거 알죠?)

이번 투쟁은 교직 역사상 가장 결정하기 어려운 딜레마였어요. 처음 멈춤의 취지라는 게 공교육을 하루 멈춤으로써 현실의 심각성을 국민께 알리자는 것이었는데, 교직 특성상 모든 학교가 일시에 멈추는 건 불가능하다는 걸 모두가 알고 있죠. '내가 그날 하루 학교에 안 나가도 내 자리는 결국 보결로 채워질 것이다. 동료 교사에게 피해를 주면서까지 내 신념을 지켜야 하는가.'에 대한 끝없는 고민은 결국 '실효성이 없다. 참가하지 않는다.'로 기울고 있었습니다. 그러던 어느 날, 문제의 교육부 발표가 있었습니다. 공교육 멈춤의 날 투쟁에 참여하는 교원에게 최대 해임, 파면의 징계를… 여기서 뚜껑이 열려버렸습니다. 교육부는 겉으로는 교사를 위하는 척하면서 속으로는 우리를 겁주면 깨갱 하는, 밥줄 잘라버리겠다 협박하면 바로 꼬리 내리는 그런 존재로 보고 있음을 스스로 인정한 셈입니다.

순간 2001년의 보수교육 투쟁이 뇌리를 스쳤습니다. 전국의 모든 교대가 100일 넘는 투쟁에 들어갔던 그때, 저는 신념은 없이 패기만 넘치는 새내기였습니다. 총학생회장이 삭발식을 하는 장면을 보며 뭔가 심상치 않은 기운을 느꼈지만, 솔직히 그땐 뭐 때문에 싸우는지도 몰랐어요. 다들 하니까 저도 따라갔죠. 스물일곱 살에 뒤늦게 교대에 입학한 친한 형님이 자기는 이번 투쟁이 절박하다며 도와달라고 하니 열심히 참여했을 뿐입니다.(이 형님이 도와달라고 해서 법원 앞에서 1인 시위를 했는데, 1인 시위가 뭔지도 몰랐기에 왠지 모를 창피함에 눈 꼭 감고 시간이 빨리 가기만 기다리다가, 찰칵 소리에 놀라 깨보니 사진 기자가 날 찍고 있었고, 다음날 놀란 표정 그대로 신문에 실린 내 인생이 레전드.)

멋모르고 시작했다가 투쟁심에 불이 붙어 상경 투쟁까

지 참여해 가며 열심히 싸웠지만 남은 건 패배감뿐이었습니다. 투쟁이 길어질수록 갈등과 반목만 깊어지는 우리를 보며 계란으로 바위 치기라는 말이 생긴 이유를 알 것만 같았습니다. 학생증 반납, 무기한 수업 거부, 임용고시 거부 등 집행부에서 내걸었던 협상 카드들은 시간이 흐를수록 하나둘 사라져 갔습니다. 단일대오로 밀어붙여도 모자랄 판에 하나둘 대열에서 이탈하는 구성원들이 어찌나 얄밉던지. 더 얄미운 건 교육부였어요. 우리 사이에 갈등을 부추기는 지뢰를 곳곳에 숨겨놓고 교묘하게 투쟁 방해 공작을 펼치더군요. 어제 간담회만 해도 보세요. 교사들을 병풍처럼 세워놓고 뜬금없이 교육부 장관이 들어와 교육부 입장문을 읽고 나가잖아요. 이게 과연 예정에도 없던 일이었을까요? 교육부는 이런 곳입니다. 절대 만만한 곳이 아니에요. 결국 또 남은 건 패배였죠. 우리가 아무리 소리치고 싸워봐야 교육부라는 거대한 성벽에 균열 하나 내지 못함을 깨달았을 때의 패배감이란.

교육부가 그때의 트라우마를 건드리고 만 것입니다. 하지만 어쩌죠. 저는 그때의 제가 아닙니다. 더 이상 잃을

게 없습니다. 제 행위가 비단 공교육 멈춤의 날 참가자 n 명에 +1을 하는 것에 불과할지라도 그따위 징계를 두려워하지 않는 교사가 여기 한 명 더 있다는 걸 보여주고 싶었습니다. 아, 우리 학교는 K까지 2명이네요^^ 이번에도 구렁이 담 넘어가듯 넘어가고 싶겠지만 이번만큼은 쉽지 않을 거라고, 하루빨리 현실적 대책을 마련하라고 압박하고 싶었습니다. 결국 지난주 토요일 집회에 비행기를 타고 올라가 집회에 참여했고, 이번 공교육 멈춤의 날 투쟁에도 참여하기로 했습니다.

솔직히 말씀드리면 저는, 내가 속한 조직에 지금의 위기를 헤쳐 나갈 만한 동력이 있느냐는 질문 앞에 답을 주저하던 사람이었습니다. 사실 이건 교직을 떠나기로 마음먹은 이유 중 하나이기도 합니다. 내가 속한 조직의 위기를 헤쳐 나갈 힘이 없다면 갈수록 상황이 나빠질 건 불 보듯 뻔하니까요. 급기야 모래알 조직력을 눈으로 확인하게 되는 사건을 연이어 경험하기도 했습니다.

오래전 근무했던 학교에서 6학년에 학교폭력 업무를

떠맡은 적이 있어요. 지금 보니 참 황당하죠. 6학년 담임에 학교폭력 업무를 주다니. 어느 날 교내에서 대형 학폭 사건이 터졌어요. 가해자 부모가 피해자를 찾아가 무릎 꿇고 사죄해도 모자랄 판에 야구 방망이를 들고 와 학교를 뒤집어 놓더군요. 그 와중에 학교폭력 담당 교사로 가해자 학부모를 달래야 하는 현실이 비참해서, 하필 그곳을 지나가던 피해 학생이 겁에 질려 도망가는 모습이 안쓰러워서, 혼란을 틈타 교무실 뒤로 도망가버린 교장 선생님이 부끄러워서, 일이 수습된 후에도 학교 복도에 멍하니 서 있었던 기억이 납니다. 한바탕 폭풍이 지나간 후 대책 회의에서 이런 상황을 대비한 대응 매뉴얼이라도 만들어야 하는 거 아니냐고 의견을 냈는데 끝났으니 넘어가자는 분위기더군요. 그러니 똑같은 사건이 반복될 수밖에요. 아니나 다를까. 몇 년 후 다른 학교에서 등장인물만 바뀌고 나머지는 판박이인 사건을 또 겪었어요. 그땐 정말이지 한 줌의 미련도 남지 않았습니다. 아, 내가 이곳을 바꾸는 것보단 내가 바뀌는 게 낫겠구나.

하지만 지난주 토요일, 저는 희망을 봤습니다. 30만 명이 넘게 모인 인파 속에서도 한 치의 흐트러짐 없이 집회를 운영하는 집행부를 보며, 300쪽이 넘는 보고서를 자발적으로 만든 TF팀의 물 샐 틈 없는 공교육 회복 방안 발표를 들으며(교육부는 이대로만 하면 되는데 숟가락으로 떠먹여 줘도 그걸 못하네요ㅠ.ㅠ), 30만 명이 있던 자리에 쓰레기 하나 남지 않은 걸 보며, 간만에 교뽕이 차올랐습니다. 이렇게 똑 부러진 사람들이 대한민국의 공교육을 바꿔보겠다고 만사 제쳐두고 뛰어다니는데 저도 뭐라도 해야겠다 싶었습니다.

이젠 대부분의 선생님이 알고 계시겠지만 저는 인생 후반전을 꿈꾸고 있어요. 떠나기 전에 공교육 정상화를 위해 뭐든 돕고 싶은 마음입니다. 교실 현장에 남아계신 분들을 위한 라스트 댄스랄까요. 거창하게 이것저것 갖다 붙였지만 단지 이뿐입니다. 쓰다 보니 두서없이 글이 길어졌네요.

교육부의 징계 협박에도 불구하고 흔쾌히 참여를 허락해 주신 교장 선생님을 비롯해 제 신념을 지킬 수 있도록 도움 주신 여러 선생님께 감사드립니다. 신념 없는 저는 걸어 다니는 마네킹일 뿐입니다. 이 은혜는 평생 갚아나 가겠습니다. 투쟁의 방향이 하루 안에도 몇 번씩 바뀌는 와중에 함께 실시간 정보를 공유하고, 우리가 가야 할 길을 제시해 주고, 함께 실행해 준 든든한 K에게도 감사드립니다. 이 글은 K의 확인도 받았기에 이 글은 저와 K의 공동 입장문이라 봐도 무방합니다^^ 아이들에게 늘 행동(Action)과 실천을 강조하는데 저희처럼 행동하는 선생님도 있어야 하지 않겠습니까^^

감사합니다. 그리고 미안합니다. 늘 말씀드리지만 제 교직 인생에 우리 학교 같은 학교는 없었고, 앞으로도 없을 거예요. 학교가 싫었다면 좀 더 마음 편하게 투쟁에 참여할 수 있었을 텐데, 제 마음이 지금까지도 이렇게 불편한 건 모두 여러분 탓입니다^^

(덧붙임)

내일은 아무 일 없었다는 듯 출근하겠습니다. 선생님께서도 아무 일 없었다는 듯 맞아주세요. 정말 아무 일 없었다는 듯 메서드 연기를 펼치는 남주, 여주께 소정의 상품

어서와, IB는 처음이지?

이 기다리고 있습니다. 긴 글 읽어주셔서 감사합니다.

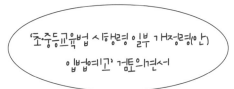

'초·중등교육법 시행령 일부 개정령(안)
입법예고' 검토의견서

교육부가 또 교육부 했다. 이번엔 수업 공개를 법으로 강제하겠다는 정책을 발표했다. 교육부의 시계는 벤자민 버튼이 돌리는 걸까? 교육부는 왜 이렇게 시대에 역행하는 정책만 남발하는 걸까? 고장 난 시계도 하루에 두 번은 맞춘다. 교육부 시계는 언제면 한 번이라도 제대로 맞출까? 언젠가 내가 곤경에 처해 있을 때 매리 여사가 나에게 해줬던 지혜의 말씀을 교육부에 들려드리고 싶다.

When I find myself in times of trouble,

내가 곤경에 처해 있을 때,

Mother Mary comes to me Speaking words of wisdom

어머니 매리 여사가 지혜의 말씀을 해주셨지.

Let it be

그대로 두어라.

– 비틀즈, 〈Let It Be〉

어린 시절, 부모님을 도와드리려고 할 때마다 부모님께서 나에게 해주신 말씀도 교육부에 들려드리고 싶다.

"이럴 땐 그냥 가만히 있는 게 도와주는 거야."

하필 공교육 정상화 이슈로 세상이 어지러울 때 이런 시도를 하는 건 무슨 의도일까? 이런 식으로 나온다면 나도 가만히 있을 수 없다. '초·중등교육법 시행령 일부 개정령(안) 입법예고'에 대한 검토의견서를 제출하기로 했다. 다음은 그때 제출한 검토의견서 전문이다.(검토의견서는 써본 적 없어서 특별한 형식 없이 내가 쓰고 싶은 대로 썼다.)

1.

학교의 수업 공개와 수업 나눔은 이미 학교 현장에서 널리 실행되고 있습니다. 법으로 강제할 필요가 없다는 뜻입니다. 오히려 학교 현장에서는 수업 공개로 인한 득보다 실이 커짐에 따라 수업 공개 무용론이 대두되고 있습니다. 다음의 이유로 개정안 폐기를 요구합니다.

2.

현재 우리나라의 교육 환경에서 공개 수업은 '보여주기식 연극 수업'의 태생적 한계를 벗어날 수 없습니다. 교사 커뮤니티에 올라오는 교사들의 학부모 공개 수업 후기를 보면 '내 아이를 발표시켜 주지 않았다, 내 아이는 왜 뒷자리에 앉냐, 선생님이 내 아이만 신경을 덜 쓴다.' 등의 황당한 이유로 수업 자체가 폄하 받았다는 글을 심심찮게 발견할 수 있습니다. 음식점 리뷰 테러조차도 사장에게 답글로 해명의 기회를 주는데, 이런 식의 평가를 빙자한 테러에 선생님은 해명할 기회조차 없습니다. 언제부터 공개 수업이 내 아이가 발표하면 좋은 수업, 내 아이가 발표 못 하면 나쁜 수업이 되어버린 걸까요. 공개 수업

어서 와, IB는 처음이지?

을 지금 당장 없애자는 게 아닙니다. 현행 방식으로 공개 수업을 유지하고 싶다면, 최소한 이런 식의 수업권 침해에 대한 대책은 교육부에서 내놓아야 하는 거 아닌가요?

학생이 교원평가에서 선생님께 욕을 하고 대놓고 성희롱을 해도 필터링 하나 제대로 못 하는 교육부에, 심지어 피해 교사에 대한 2차 가해로 결국 교직을 떠나게 만든 교육청에 너무 많은 걸 바라는 걸까요? 어디 이뿐입니까? 수업 도중 교사의 수업 장면을 몰래 촬영하여 본인 블로그에 게시하는 등의 초상권 침해(몇 년 전 겪은 실제 제 사례입니다. 학교 이름을 검색했다가 블로그에 제 얼굴이 대문짝만하게 나와 있길래 깜짝 놀랐다는 연락을 몇 번이나 받았습니다.)나 학생의 의도적인 수업 방해 등 실제 공개 수업 현장에서 비일비재한 문제에 대한 대책은 전무합니다.

동료 장학, 컨설팅 장학 등 교사 간 공개 수업 또한 별반 다르지 않습니다. 대한민국에서 공개 수업용 수업을 매일 교실 현장에서 해낼 수 있는 교사가 있을까요? 이런 현실이야말로 수업 공개가 보여주기식 수업에 불과하다는 방증입니다. 애초에 수업은 교사의 교육 철학이 투영된 고유 권한이기에 다른 교사의 수업에 대해 전문성도 없이 함부로 판단하는 건 갈등의 소지가 될 수 있습니다. 사실 어떤 수업이 옳은 수업인지에 대한 가치 판단도 불가능합니다. 단 한 시간의 공개 수업을 위해 수십 시간을 연구하고 고민한 교사의 수업 전문성에 대해 사전 준비도 없이 들어와 조언을 할 수 있다, 또는 해도 된다는 발상 자체가 잘못된 것입니다.

차라리 일선 학교에서 이뤄지고 있는 '교사들 간의 합의와 자발적 참여에 의한 자율적 수업 참관'을 장려하는 방안이 좋은 대안이 될 수 있으리라 판단합니다. 실제로 저는 선생님들이 자발적으로 수업 참관 모임을 조직하여 구성원 간에 평소의 수업 모습을 있는 그대로 공개하는 시도를 지켜본 적이 있습니다. 수업 공개를 위한 수업이 아닌, 평소 내가 하는 수업을 신뢰하는 동료들에게 있는 그대로 보여주고, 그들로부터 피드백을 받는 과정에서 수업 능력이 향상되었다는 평가가 많았습니다. 수업의 전문성 향상이 수업 공개의 목적이라면 이와 같은 교직 문화를 조성하고 지원해주는 게 현실적인 대안이 되리라 판단합니다. 지원은 하되 간섭은 하지 않는다는 문화 장려 정책이 K-컬처의 전성기를 이끌었다는 점을 기억하시길 바랍니다.

3.

수업 공개 법제화의 근거로 제시한 학생 개인별 맞춤 교육은 수업 공개와 전혀 관련이 없습니다. 수업 공개가 학생의 적극적 수업 참여로 이어진다는 의견 또한 전혀 근거가 없으며 현실을 무시한 시대착오적인 발상입니다. 애초에 학생의 적극적인 수업 참여는 공개 수업 한 번으로 끌어낼 수 있는 게 아닙니다. 교육계의 백년지대계 아래 교육 환경을 '학생들이 적극적으로 수업에 참여하고 싶은 환경'으로 바꿨을 때 가능한 명제입니다. 법제화의 근거로 제시한 수업의 질 향상 또한 법으로 강제했다고 쉽게 얻어지는 것이 아니라, 교사들이 수업에만 집중할 수 있는 환경을 조성해 주면 자연스럽게 도달하게 될 목표에 가깝습니다. 이런 제반 여건이 마련되지 않은 상황에서 지금과 같은 법제화 시도는 교실 현장의 혼란만 가중할 것으로 우려됩니다. 아울러 현장의 목소리에는 전혀 귀를 기울이지 않으면서 일방통행식 소통을 반복하고 있는 교육부의 정책에 깊은 유감을 표합니다.

* 교육 현장의 현실을 쌈 싸 먹은 이 정책은 교사들의 반발 속에 결국 폐기되었다. 정책이 폐기되었다고 공개 수업이 사라지는 건 아니다. 애초에 입법예고 자체가 이미 하고 있는 것을 '법으로 강제'하려는 시도에 불과했기 때문이다.

어서와, IB는 처음이지?

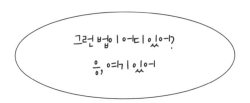

게임을 하다 규칙을 두고 다툼이 벌어지면 으레 나오는
말이 있다.

A: 야, 그런 법이 어디 있냐?

B: 어디 있긴 어디 있냐? 여기 있지. 우리 동네에서는 다 그래.

A: 우리 동네에서는 안 그러거든?

B: 여기는 제가 사는 동네잖아요. 로마에 왔으면 로마의 법을
따르세요. 이웃 동네 주민님.

이런 일을 미리 방지하고자 평화를 사랑한 호모 사피엔
스는 법이라는 제도를 만들었다. 현실이 동화책이라면,
위와 같은 상황은 다음과 같은 결말로 끝날 것이다.

'갈등 끝에 사람들은 모두에게 평등한 새로운 법을 만들었고 법을 지키며 오래오래 행복하게 살았대요.'

현실은 동화 같지 않다. 법의 그물망을 교묘히 빠져나가거나 법을 악용하는 사람들이 반드시 나온다. 심지어 피해자를 보호하기 위한 법인데 피해자가 가해자로, 가해자가 피해자로 둔갑하는 일도 생긴다. 이런 경우 국가는 국민이 대표로 선출한 국회의원의 동의를 거쳐 법을 개정한다. 법으로 인해 억울한 일을 당하는 사람이 나와서는 안 되기 때문이다. 이제 동화책의 결말은 바뀐다.

'마을 사람들은 법을 만들었지만, 법을 나쁘게 이용하는 사람이 생겼어요. 결국 사람들은 다시는 억울한 사람이 생기지 않게 법을 바꾸었어요. 그리고 모두 오래오래 행복하게 살았대요.'

그런데 나쁜 사람들이 법의 허점을 악용해 죄 없는 사람들을 가해자로 몰고 악랄하게 괴롭히는 데도, 이미 수없이 많은 피해자가 나왔고 지금도 피해자가 쏟아져 나오고 있는데도, 고쳐지지 않는 법이 있다.

어서와, IB는 처음이지?

다음 글을 읽고 물음에 답하시오.

당신이 다음과 같은 상황에 처해 있다고 상상해 보자. A라는 사람이 있는데 나는 A가 너무 마음에 안 든다. 하나부터 열까지 다 마음에 안 든다. 오늘은 전화로 노발대발 싸우기까지 했다. 솔직히 나도 잘못한 거 같긴 한데, 아몰랑, 그냥 다 A 잘못이다. 이런 경우에 당신은 A에게 어떤 마음이 드는가? 솔직히 말하자. 괴롭히고 싶을 것이다. 하지만 대부분은 여기서 마음을 접는다. 내가 A를 괴롭히면 A도 가만히 있지 않을 거라는 사실을 알기 때문이다. 법대로 하라고 나오면 나도 할 말이 없거든.

그런데 A가 특정 직업군이라면 이야기가 달라진다. 지속적으로, 집요하게, 악랄하게 괴롭힐 수 있다. 그것도 내 돈 한 푼 안 들이고, 상대방의 돈을 허공에 날리게 하고(또는 빼앗고), 짧게는 몇 달, 길게는 몇 년 동안 A를 여기저기 불려 다니게 만들면서 A의 삶을 피폐하게 만들 수 있다. 그것도 합법적으로. 심지어 없는 사실을 만들어내 A를 곤경에 빠뜨려도 무고죄는 걱정할 필요 없다. 이 법엔 신고자 우대 정책에 따라 무고죄가 성립하지 않는다. 게다가 '유죄추정의 원칙'도 적용된다. 단, 누구나

이 법을 악용할 수 있는 건 아니다. 당신과 A가 특수 관계여야
만 한다.

[문제]

1. 위의 글에서 '특정 직업군'이란 어떤 직업을 말하는 걸까요?

2. '특수 관계'는 어떤 관계를 말하는 걸까요?

3. 이 법의 이름은 무엇일까요?

4. 뭐 이런 법이 다 있어?

[정답]

1. 교사

2. 교사-학부모 관계

3. 아동복지법(제17조 5호)

4. 응, 여기 있어.

2023년 여름, 수많은 교사가 매주 모여 아동복지법 개
정을 외쳤다. 아동복지법을 개정하라! 그것은 차라리 울
부짖음에 가까웠다. 우리는 절실했다. 이 법이 개정되지

않는다면, 우리는 또다시 죄 없는 동료를 잃을 수밖에 없기 때문이었다. 실제로 집회에 참여했던 동료 교사 한 분이 집회 참여 후 스스로 세상을 등졌다. 무고성 악성 민원을 제기하며 수년간 악랄하게 괴롭히는 학부모로 인해 큰 고통을 겪던 선생님은 서이초 집회에서 가장 뜨거운 눈물을 흘린 집회 참가자였을 것이다. 고통받는 사람의 마음이 어떤 마음인지 아는 사람의 눈물은 뜨거울 수밖에 없다. 그러나 집회 후에도 달라진 건 없었다. 선생님의 뜨거웠던 눈물은 차갑게 식어버렸다. 그렇게 우리는 또 한 명의 동료를 잃어야 했다.

이 사건으로 전국의 수많은 선생님이 죄책감을 토로했다. 더 열심히 싸우지 못해서, 현실을 바꾸지 못해서 미안하다고 했다. 정작 죄책감을 느껴야 할 사람들은 뻔뻔하게 잘살고 있는데… 현실이 이렇게나 잔인하다. 이제 나는 동화책이 꼭 권선징악으로 끝날 필요가 있을까 하는 생각을 가끔 한다. 아름다운 결말로 끝나는 동화를 보고 자란 아이일수록 그렇지 못한 현실을 보고 더 큰 절망을 느끼지 않을까? 차라리 일벌백계로 끝나는 동화를 보급하는 게 낫지 않을까? 그리고 제발, 현실에서는 적어도 나쁜 사람은 일벌백계하는 세상에서 살고 싶다. 나쁜 사람으로 인해 착한 사람이 고통받는 서사를 지켜보는 건, 여전히 너무 괴롭다.

사람들은 쉽게 말한다. 그래도 필요한 법이니 생긴 거 아니겠냐고. 일리는 있다. 나도 법의 입법 취지를 이해한다. 다만 언젠가부터 이 법의 일부 독소 조항을 악용하여 무고성 민원을 넣고 선생님을 악질적으로 괴롭히는 수법이 유행처럼 번져나갔는데도, 대응책이 전혀 없었다. 목소리가 작다는 이유로, 표에 도움이 되지 않는다는 이유로, 귀찮다는 이유로 거들떠보지도 않은 사람들이 있었다. 당신들은 최소한 공범이다.

이 법으로 신고된 교원의 실제 기소율을 보자. 1.6%(2021년 기준). 100명 중 2명도 안 되는 사람만 아동학대의 죄가 있다고 검찰이 판단하여 기소한 것이다. 나머지 88.4%의 억울함은 누가 보상할 것인가.(심지어 기소된 1.6% 중에서도 법원에 의해 무죄로 판결 나는 경우도 많다.) 그들이 수년간 끌려다니며 받았을 정신적, 신체적, 경제적 고통은 누가 보

어서와, IB는 처음이지?

상할 것인가? 이런 상황을 교육부, 교육청이 몰랐을까? 알면서 모른 척했다면 파렴치한 거고, 몰랐다면 무능한 거다. 당신들도 공범이다.

누군가는 1.6%라도 기소했으니 이 법은 있어야 하는 거 아니냐고 할지도 모르겠다. 아니다. 그 정도의 잘못이라면 다른 법으로도 얼마든지 처벌할 수 있다. 이건 비유하자면, 빈대 잡자고 초가삼간 태우는 정도가 아니라 다른 법으로도 처벌할 수 있는 1.6% 잡자고 공교육을 다 태워버리는 것이다. 이 법으로 인해 공교육이 얼마나 붕괴되었는지를 보면 누가 진짜 피해자인지를 알 수 있다.

이제 교실은 더 이상 교육을 하는 곳이 아니다. 당연히 훈육해야 하는 상황에서도 일단 망설이는 게 기본값이 됐다. 이런 행동은 바로잡아줘야 하는데 하면서도 일단 망설이게 된다. 훈육 과정에서 아이의 기분을 상하게 하는 순간, 정서적 아동학대죄로 고소당할 수 있기 때문이다. 교사에게 '아동 기분 상해죄'라 불리는 이 법만큼 무서운 법은 없다. 사람도 동물이다. 동물의 본능은 예상되는 고통을 피하는 것이다. 결국 교사는 훈육을 포기한다. 그 결과 교육을 통해 행동을 개선할 수 있었던 수많은 아이가 마지막 기회를 놓쳐버린다. 그 아이가 커서 어른이 된 세상은 결코 학교처럼 만만하진 않을 것이다. 사회는 그렇게 호락호락한 곳이 아니다. 그 옆에 멋모르고 서 있다 피해를 볼 누군가가 안타까울 뿐.

그 사이 우리가 잊어버린 또 다른 피해자들을 언급하지 않을 수 없다. 금쪽이 한 명이 교실 안에서 소리를 지르고, 선생님과 아이들에게 온갖 쌍욕을 하고, 책상을 발로 차며 교실을 난장판으로 만들 때, 그 옆에서 금쪽이가 차분해질 때까지 쩔쩔매는 선생님과 선생님도 나를 막을 수 없다며 기고만장한 금쪽이를 보며 교실 속 아이들은 무슨 생각을 할까?

나는 수업 도중, 다른 반 아이들의 도움 요청을 받아 위와 같은 장면이 펼쳐지고 있는 교실에 들어간 경험이 있다. 그것도 여러 번. 교실에 들어가 마주한 장면은 공포영화의 한 장면 같았다. 이젠 너무 자주 있는 일이라 별일 아니라는 듯 심드렁하게 허공을 응시하는 아이들 삼 분의 일, 금쪽이가 그러든 말든 무심하게 자기 할 일을 하는 아이들 삼 분의 일, 그리고 그쪽을 쳐다보지도 못한 채 지금의 상황이 빨리 끝나기만을 기다리는 나머지 아이들. 희한하게도 나는 그때를 떠올리면 씩씩대던 금쪽이가 떠오르는 게 아니라, 교실에 얌전히 앉아 귀를 막고 있던 아이들의 흔들리던 눈동자가 떠오른다.(이 교실의 담임 선생님은 결국 그 해, 교직을 떠났다.)

아동복지법을 개정하라.

4장

무너진 교단에도 봄은 오는가

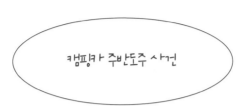

캠핑카 주반도주 사건

학기 초, 교실에 학급 온도계를 설치했다. 학급 온도계
는 아이들이 바른 행동을 할 때마다 온도가 올라가는 가
상 온도계다. 학급 온도계를 설치할 때 아이들과 했던 약
속이 있었다.

"학급 온도계가 100도를 돌파하면 여러분들의 소원을
들어드리겠습니다. 물론 모든 소원을 들어드릴 수는 없
습니다. 선생님은 바쁘니까요. 대신 여러분이 회의를 통
해 의견을 하나로 모아 오면 그 소원은 영혼까지 끌어모
아 반드시 실현해 드리겠습니다."

이때까지만 해도 최소 2학기는 되어야 학급 온도계
100도에 도달할 수 있을 거라 예상했다. 실제로는 석 달

이 채 걸리지 않았다. 선생님 기분이 좋을 때마다 2~3도씩 급상승하는 부스터 기능 덕분이긴 했지만, 어쨌든 성공은 성공이었다. 아이들은 학급 온도계 100도 돌파 선물로 자유 시간을 달라고 했다. 그거야 어렵지 않지. 황금 같은 자유 시간을 어떻게 쓸지 열띤 토론이 이어졌다. 때마침 창밖에 비가 내렸다.

"하필 이럴 때 비가 오냐? 비만 안 오면 체육 하면 딱인데."

"그러게 말이야. 자유 시간 달라고 하려니까 바로 비와 버리네."

실망도 잠시, 누군가의 외마디 외침에 교실 내 공기의 흐름이 바뀌게 되는데.

"캠핑카!"

"맞아! 캠핑카! 캠핑카에서 놀면 되겠네!"

"우와! 우리 캠핑카에서 놀아요!"

캠핑카라는 단어가 들리는 순간 내 얼굴은 사색이 됐다. 놀고 난 후의 뒷수습은 혼자 해야 한다는 걸 직감했기 때문이었다. 오늘은 캠핑카를 안 타고 왔다고 말하려 했으나 아이들은 내가 비 오는 날마다 캠핑카를 타고 온다는 사실을 알고 있었다. 다른 작전을 써야 했다.

"캠핑카? 밖에 비가 오는데 어쩌지? 비 맞으면서 차까지 갈 수도 없고."

"우산이 있잖아요."

"아… 우산… 우산이 있었지. 그런데 선생님까지 8명이 다 들어가기엔 캠핑카가 좁지 않을까?"

"일단 가보고 판단할게요."

"어, 그… 그래…."

내 거친 생각과 불안한 눈빛과 그걸 지켜보…기도 전에 이미 교실 밖으로 뛰쳐나가는 아이들. 그렇게 대낮의 주반도주가 시작되었다. 아이들은 소리를 지르며 비 사이를 질주했다. 우산도 없이. 아이들을 캠핑카 안에 다 태우고 캠핑카 문을 닫았을 때, 캠핑카 바닥은 이미 난리가 난 후였다. 겨우 뒷수습을 하고 기대감 가득한 표정으로 옹기종기 모여 앉은 아이들을 보고 나서야 깨달았다.

'여기서 뭐 할지를 결정 안 했구나.'

이럴 땐 아이들에게 물어보는 게 최선이다.

"근데 우리 이제 뭐 하냐?"

"일단 음악 주세요."

"오케이! 디제이, 드랍 더 비트."

첫 곡으로는 당시 음원 차트를 휩쓸고 있던 블랙핑크 지수의 〈꽃〉이 선곡되었다. 한 명도 빠짐없이 노래를 떼창하며 포인트 안무를 따라 하는 장면은 잊지 못할 것이다. 우리 반 아이들의 MBTI는 물어볼 필요도 없다. 7명 모두 E로 시작할 거라 확신한다. 아이들의 이런 외향형 성격이 타고난 건지, 아니면 서로에게 물들어 지금처럼 바뀐 건지는 연구가 더 필요하다. 혹시 본성과 환경의 상관관계에 관해 연구 중인 학자가 있다면 나에게 연락 바란다. 아주 좋은 연구 모델을 갖고 있다.

아이들의 텐션은 삼십 분이 지나도 떨어지지 않았다. 제자리에 앉아서 뛸 수도 있다는 걸 이날 처음 알았다. 남은 시간 동안 흥을 폭발시킨 아이들은 집에 갈 시간이 되어서야 일상으로 복귀했다. 그리고 홀로 남아 캠핑카 안에 널브러진 쓰레기를 치우는 이가 있었으니, 당연히 나다. 쓰레기를 치우며 다짐했다. 웬만하면 학교에 캠핑카를 타고 오지 말자고.

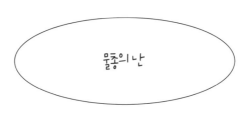

물총의 난

무더위가 기승을 부리던 6월의 교직원 회의 시간. 교무
부장 선생님께서 말씀하셨다.

"날씨가 너무 덥네요. 아이들이 전래놀이 시간에 물총놀
이를 하고 싶다고 의견을 전해왔어요. 전래놀이 선생님
께 물총놀이가 가능할지 여쭤보고 가능하다고 하시면 7
월 중에 추진해보려고 해요. 선생님들 의견은 어떠세요?"

물총놀이라는 단어를 듣는 순간, 사고라는 단어를 먼저
떠올렸음을 고백한다. 사고나 민원이라는 단어 앞에서는
나도 자동반사적으로 보수적인 사람이 된다. 안타깝게도
현실이 그렇다. 요즘 시국에 라떼 is 홀스 시절의 소소한
'일탈'을 시도했다가는 자칫 교직 '이탈'로 이어질 수 있다.

어서와, IB는 처음이지?

물총놀이 하다가 누가 다치기라도 하면? 누가 감기라도 걸리면? 물총을 안 갖고 오는 아이들이 생기면? 나도 이렇게 현실적인 교사가 되어간다. 교실 구석에서 쥐포 구워 먹고, 6학년 졸업시키고 아이들과 노래방 가고, 창문 밖 흩날리는 벚꽃을 두고 수학 공부하는 건 유죄라며 번개 벚꽃 놀이를 떠나던 시절이 있었는데. 아이들도 나도 소소한 재미가 있던 시절이었지. 아, 옛날이여!

사고는 일어나지 않으면 그만이지만, 일어나는 순간 책임이라는 이름의 화살이 자동 발사된다. 이럴 땐 화살이 어디로 향할까 예의주시할 필요도 없다. 이미 내 등 뒤에 꽂혀있을 것이므로. 막상 일 터지면 화살을 빼 달라고 도움을 요청할 곳도 없고 혼자 끙끙대며 등 뒤에 꽂힌 화살을 빼내야 하는 현실. 이런 사고를 몇 번 겪고 나면 자연스럽게 '아무것도 하지 않으면 아무 일도 일어나지 않는다'를 학급경영 모토로 삼고 안전 최우선 학급 운영을 하게 된다. 사고가 난 후에야 교육계에 떠도는 유명한 말을 되새기게 되겠지.

"열정은 민원을 부른다."

현실이 씁쓸하지만, 인생사 조심해서 나쁠 건 없다. 물총놀이를 하기 전, 안전 교육을 하고 주의사항을 안내했다. 물총은 학교 예산으로 사서 나눠주기로 했다. 휴, 다행이다. 감기랑 안전사고만 잘 관리하면 되겠군. 날씨가 문제였다. 장마가 6월 말까지 이어지고 있었다. 결국 물총놀이는 다음 주로 연기되었다. 문제는 다음 주에도 비 예보가 있다는 사실이었다. 나는 평소 스쿠터로 출근하기 때문에 장마철에는 일기예보를 매일 본다. 경험상 일기예보에서 비 올 확률이 80~90%면 실제로도 비가 온다고 보면 된다. 월요일에 일기예보를 봤더니 내일 비 올 확률이 80~90%로 나왔다. 경험과 직관을 믿고 아이들에게 자신 있게 말했다.

"내일은 비가 올 거야. 물총놀이 여벌 옷은 준비 안 해도 돼."

이 설레발이 물총의 난을 일으키는 도화선이 될 줄, 난 정말 몰랐었네.

물총놀이 당일, 금방이라도 비가 쏟아질 것처럼 날씨

가 흐렸다. 그럼 그렇지. 사랑해요, 기상청. 누가 기상청 체육대회 날 비가 온다 그랬나? 나쁜 사람들 같으니라고. 아이들은 말했다.

"흐려도 물총놀이는 할 수 있는 거 아니에요? 지금이라도 집에 가서 갈아입을 옷을 가져올게요."

지금 보면 합리적인 의견이었다. 그러나 기상청을 전적으로 신뢰하는 나는 답했다.

"그럴 필요 없어. 이제 곧 비가 쏟아질 거거든."

바로 그때, 창문 밖으로 커다란 물통에 물을 담는 전래놀이 선생님이 목격되었다. 설마, 아니겠지. 설마. 잠시후 일어나서는 안 될 일이 일어나고 말았다. 햇살이 조금씩 고개를 내밀려고 하는 게 아닌가?

'아니야. 지금 아니야. 들어가 있어. 지금 아니니까 한 세 시간만 들어가 있다 나와.'

내 바람과 달리 햇살은 점점 더 강해졌다. 어라? 기상청 예보관님, 이건 약속과 다르잖아요? 기어이 햇살이 먹구름을 뚫고 나왔다. 햇살이 어찌나 원망스럽던지, 희망의 은유로 주로 쓰이는 한 줄기의 빛이라는 표현이 그땐 나를 절망의 나락으로 인도하는 서치라이트처럼 느껴졌다. 잠시 후, 2학년 아이들이 물총을 들고 밖으로 나가는 소리가 들렸다. 우리 반 아이들의 원성을 들을 자신이 없어 재빨리 수업을 시작했다. 창문이 뚫어져라 운동장만 쳐다보던 우리 반 아이들의 눈동자가 흔들렸고, 서로의 눈동자가 마주쳤고, 7개의 따가운 시선이 나를 향했다. 그 모든 원망을 홀로 감내해야 하는 나는, 이내 눈물의 사죄 기자회견을 하는 연예인 심정이 되었다. 역사적인 노르망디 상륙작전의 성공 뒤에는 기상예보 팀의 완벽한 날씨 예측이 있었고, 삼국지의 제갈량도 날씨 예측으로 적벽대전을 성공으로 이끌었다. 나는 내일 날씨조차 예측하지 못하여 이런 사태를 낳고야 말았으니, 헌법에 보장된 아이들의 사회권(물총 놀이할 권리)을 지켜주지 못한 패장이 무슨 할 말이 있겠는가.

결국 이날, 왜 우리 반만 물총놀이를 못 하냐는 원망을 백 번도 넘게 들어야 했다. 수습 방안으로 다음 주에는 우리 반만 물총놀이를 하니 긍정적으로 생각해 보자는 조삼모사식의 대책을 내놓았으나, 한 아이의 눈물 어린 대답에는 무릎을 꿇을 수밖에 없었다.

"선생님, 저 이번 주에 전학 가잖아요. 다음 주엔 저 없을 건데요."

이것만큼은 여전히 마음의 빚으로 남아 있다. 미안하다, H. 선생님도 일이 그렇게 될 줄은 몰랐어. 하지만 얘들아. 다른 건 몰라도 이거 하나만큼은 기억해 주길 바란다. 약속대로 그다음 주에 우리 반만 따로 물총놀이 했잖아? 그치? 전래놀이 선생님 시간에 물총놀이 했으면 선생님도 편하게 했을 텐데, 우리 반만 따로 하는 바람에 선생님도 쌩고생한 거 알고 있지? 너네 물총 놀이할 때 썼던 물, 그거 물총놀이 십 분 전부터 선생님이 다 받아놓은 거야. 치우는 것도 선생님 혼자 다 했잖아. 선생님이 자초한 일이니 입이 열 개라도 할 말은 없다만, 그냥 그렇다고. 그래, 그냥 미안해서 하는 말이야. 대신 겨울에 눈 펑펑 오는 날엔 잊지 못할 추억을 만들어줄게. 그럼 난 이만. 기상청이랑 얘기할 게 좀 남아 있어서.

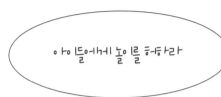
아이들에게 놀이를 허하라

나에겐 보기만 해도 미소를 짓게 되는 웃음 벨 영상이 있다. 유튜브에서 다음 제목으로 검색하면 볼 수 있다. 'K-직장인이 누구야. 폭우에도 출근하는 사람들이지.'

영상은 1990년 9월, 서울에서 있었던 어느 날 출근길 대소동을 담고 있다. 영상 속 서울은 전날부터 내린 폭우로 빗물이 허리춤까지 들어차 있다. 요즘 같았으면 당장 특별 재난구역이 선포되어 대부분 사람이 출근을 포기했을, 한눈에 봐도 심각한 재난 상황이다. 놀랍게도 영상 속 사람들은 한 손엔 우산을, 한 손엔 신발을 들고 빗물을 헤쳐 출근길에 나선다. 정장을 입은 사람도 여럿 보인다. 심지어 어떤 사람은 간이 뗏목을 만들어 그사이 워터월드

어서와, IB는 처음이지?

가 되어버린 도시를 유유히 건넌다. 놀라운 건 모두 함박웃음을 짓고 있다는 사실이다. 옷이 흠뻑 다 젖었는데도 웃으며 인터뷰하는 여유는 어디서 나오는 걸까? 이건 짬바를 넘어 삶바(삶에서 나오는 바이브)라고 불러야 할 것 같다. 영상을 보고 있으면 나도 모르게 미소를 짓게 된다. 영상이 끝나갈 때 즈음엔 나도 이미 1990년대로 돌아가 있다.

1990년대는 낭만의 시대였다. 유례없는 경제 호황이 이어지고 있었다. 지금처럼 대학에서 스펙을 쌓는 데 청춘을 올인하지 않아도 대학만 가면 쉽게 직장을 구할 수 있었다. 모두에게 열심히만 살면 큰 걱정 없이 행복하게 살 수 있다는 희망이 있었다. 미래에 대한 불안이 없는 청춘은 거리로 쏟아져 나왔다. 솜사탕 같은 시티팝 감성이 거리를 가득 메웠고, 거리마다 철없는 낭만과 이유 없는 긍정이 흘러넘쳤다. 1990년대는 문화적으로도 경제 호황의 수혜를 최대치로 누린 시기였다. 『90년대』의 저자 척 클로스터만의 표현을 빌리자면 '살아남는 것이 놀랍도록 쉬웠던 시절'이었다. 배부르고 등 따시니 사람들 마음에 여유가 넘쳤다. 사회는 상승곡선 기류를 탔다. 패션에서도, 음악에서도 다양성이 흘러넘쳤다. 지상파 음악 프로그램에 서태지와 아이들(댄스), 신승훈(발라드), 시나위(헤비메탈), 주현미(트로트)가 차례대로 〈가요 톱텐〉 무대에 오르는 장면을 상상해 보자. 그땐 흔히 볼 수 있는 장면이었다.

골목은 아이들 뛰노는 소리로 가득했다. 빈부 격차가 크지 않았고 사는 게 고만고만했다. 군부 독재 시대도 끝났겠다, 아이를 낳으면 그 아이도 나처럼 행복하게 살아갈 거라는 희망이 있으니 출생률도 높았다. 요즘 출생아 수가 급감하고 있다는 뉴스가 보도될 때마다 꼰대들이 쉽게 하는 말,

"아이? 낳기만 하면 알아서 커."

이게 그땐 어느 정도 맞는 말이었다. 아이 키우는 게 지금처럼 힘들지 않았다는 뜻이 아니다. 육아는 본래 힘들다. 하지만 그땐 육아가 지금만큼 힘들진 않았을 것이다. 사실 육아란 게 그렇다. 변수가 없으면 그래도 할 만한데 변수가 생기니까 힘든 거다. 아이가 갑자기 아프다든지, 가족 중 한 명이 코로나에 걸린다든지, 아이가 학교 적응

어서 와, IB는 처음이지?

을 못 한다든지, 아이를 급하게 맡겨야 하는데 맡길 곳이 없다든지 하는 변수들. 내 경우엔 급한 일이 생겼는데 아이를 맡길 곳이 없을 때가 가장 난감했다. 아내와 나에게 둘 다 일이 생긴 어느 날은 한 시간 거리에 있는 부모님 집에 아이를 맡겨두고 일을 처리한 다음 다시 아이를 데리러 가기도 했다. 이럴 때마다 8090 육아 선배님들께 여쭤보곤 했다.

"옛날엔 급하게 아이를 맡겨야 할 때 어디에 아이를 맡기셨나요?"

돌아오는 대답은 신화에 가까웠다.

"그땐 옆집에 아기 맡겨놓고 일 보고 오고 그랬어. 그 집에 일 있을 땐 내가 같이 봐주고. 동네 애들끼리 알아서 잘 놀기도 했고."

와, 이게 가능했다고? 이거야말로 공동 육아 시스템 아닌가? 하긴 나도 그런 사회 분위기 속에서 유년 시절을 보냈다. 그땐 지금처럼 스마트폰이나 컴퓨터가 없었다. TV는 틀어봐야 채널 5개가 전부였다. TV 채널을 돌리다가 볼 게 없으면 무작정 친구 집을 찾아갔다.

"친구야- 노-올자."

친구가 있으면 놀고, 없으면 다른 친구 집을 찾아갔다. 마음 맞는 친구가 있으면 종일 온 동네를 쏘다녔다. 부모가 신경 쓰지 않아도 혼자 알아서 시간을 잘 보내는 아이. 이거야말로 놀이터를 가도 키즈 카페를 가도 아이와 24시간 붙어 있어야 하는 요즘 부모들이 가장 바라는 아이의 모습 아닐까? 분수를 모르고 샴페인을 일찍 터뜨리는 바람에 훗날 IMF 사태를 맞긴 했지만, 2000년대 초반까지만 해도 '그래, 이게 사람 사는 세상이지' 정도의 느낌은 남아 있었다. 언젠가부터 아파트나 빌라에 이사 온 이웃이 떡을 돌리는 문화가 사라졌다. 이젠 옆집에 누가 사는지는 전혀 중요하지 않다. 윗집에 누가 사는지, 그 사람이 층간 소음을 일으키진 않는지, 아래 집엔 누가 사는지, 아래 집에 사는 사람이 소음에 예민한 사람은 아닌지만 중요해졌다. 그렇게 이웃에 관한 관심이 좌우에서 위아래로 옮겨갔다. 세상은 콘크리트 건물 숲으로 둘러싸인 사막이 됐다. 사람들의 마음을 촉촉하게 적셔주던 사랑과 연민은 증발하고, 누가 툭 건드리기만 해도 폭발해 버릴 것 같은 분노와 불안이 온 세상을 덮었다.

사회가 지금처럼 삭막해지게 된 사회구조적 원인을 파헤치자는 게 아니다. 사람들이 화나 있는 이유를 알고 싶다. 폭우로 잠긴 도로도 웃으며 건너던 한국인의 DNA에 동시다발적 변이가 일어나 그렇게 됐을 리는 없을 테고, 도대체 그사이에 무슨 일이 있었던 걸까? 거대한 변화의 소용돌이 속에서 우리 사회가 잃어버린 것들에 대해 얘기해보고 싶을 뿐이다.

나는 문제 해결의 단서를 우리 학교 전래놀이 수업에서 찾았다. 전래놀이 수업은 일주일에 한 번씩 둘리샘이 진행한다. 매주 전래놀이 시간에는 오징어 게임, 비사치기, 오재미 등 추억 돋는 전래놀이들의 향연이 펼쳐진다. 매번 게임을 흥미진진하게 진행하면서도 돌발 상황을 능수능란하게 통제하는, 둘리샘의 화려한 임기응변 플레이를 감상하는 게 꿀잼 포인트다.

체육 수업을 해본 선생님이라면 공감하겠지만, 체육 수업 중에서도 게임 수업은 난도가 매우 높다. 심판, 판사,

검사, 변호사, 경찰, VAR 판독관, 응급처치 요원, 협회 징계윤리위원회, 응원단 등 1인 n역을 동시에 수행해야 하기 때문이다. 게임은 쉽게 과열된다. 달궈진 프라이팬 위에 던져진 팝콘처럼 어디로 튈지 알 수 없다. 게임이 과열될 때마다 나는 대학 엠티 때 게임 사이사이 외쳤던 구호를 외치곤 한다. 한껏 달아오른 승부욕을 누그러뜨리고 참가자들이 지칠 때마다 게임에 활력을 불어넣어 주던 그 구호.

"게임은! 게임일 뿐! 마음에 두지! 말자!"

게임은 게임으로 즐겼으면 좋으련만, 한 반에 한두 명씩 꼭 승부욕에 불타는 아이들이 있다. 그 아이들에게 상처받아서 우는 아이들이 생기고, 그 아이를 울린 아이는 사과할 생각이 없고, 분위기가 싸해지고, 이 모든 상황을 지켜본 선생님이 화가 나고, 결국 체육 시간이 도덕 시간으로 바뀌는 대한민국의 흔한 체육 수업 레퍼토리. 선생님이라면 한 번씩은 경험해 봤을 것이다. 이때 상황을 어떻게 수습하느냐가 짬바의 레벨인데, 전래놀이 선생님은 수업 짬바가 이미 만렙을 찍으셨다. 게임 도중 친구들 사이에 다툼이 생겼을 때 수업을 멈추고 자연스럽게 인성 교육과 연계시키는 기술은 가히 업계 탑이라 할 만하다.

나는 놀이야말로 살아 있는 교육이라고 생각한다. 갈수록 사람들의 공감 능력이 떨어지고, 다정한 사람이 줄어들고, 공교육이 붕괴되고, 결과적으로 교육을 통한 사회화가 어려워지게 된 건 아이들로부터 놀 시간과 공간을 빼앗아버렸기 때문이라고 생각한다. 내 어린 시절을 떠올려보면 더 그런 생각이 든다.

우리는 놀이 속에서 시나브로 사회화 과정을 거쳤다. 나는 임용고시 대비로 미술학원을 한 달 다닌 걸 제외하면 평생 학원이라는 곳을 다녀본 적이 없다. 내 학창 시절은 놀이와 모험으로 점철되었다. 쉬는 시간마다 놀았고 틈날 때마다 놀았다. 놀 게 없으면 놀거리를 만들어서라도 놀았다. 우리는 놀이를 하며 서서히 어른이 되어갔다. 친구 사이에 다툼이 생겨도 해결해 줄 어른은 없었다. 우리 스스로 다툼을 해결해야 했다. 그 과정에서 갈등을 해결하는 방법을 배웠다. 어떤 경우에 싸우게 되는지, 어떻게 하면 싸움을 피할 수 있는지 알게 됐다. 놀이의 규칙을 세우며 법과 제도의 필요성을 깨달았고, 놀이 규칙을 새로 만드는 과정에서 창의성을 키웠다. 놀이에 끼지 못하는 친구가 있으면 깍두기라 이름 붙이고 같은 편으로 품어줬다. 그 과정에서 자연스럽게 공감 능력이 향상되었다. 실제로 놀이가 공감 능력을 향상시킨다는 연구 결과가 많다. 놀이가 끝나면 늘 웃으며 헤어졌다. 그 시절, 우리는 모두 호모 루덴스(놀이하는 인간)였다.

요즘은 어떤가? 학급 보상으로 아이들에게 자유 시간을 주고 깜짝 놀랐다는 어느 선생님의 경험담을 들었다. 아이들이 놀 줄을 모른다는 거다. 자유 시간을 줬는데 서로 멀뚱멀뚱 쳐다보다가 선생님에게 다가와 말했단다.

"뭐 하고 놀아요? 뭐 하고 놀지 말씀을 해주셔야죠."

어쩌다 우리나라 아이들은 자유 시간이 주어져도 놀 줄 모르는 아이들이 되어버린 걸까? 코로나 때문에 단체 생활을 못 해서? 아니다. 나는 그 이유를 알 것 같다. 놀 시간이 없기 때문에, 친구들끼리 놀아본 경험이 없기 때문에 놀 줄 모르는 것이다. 평범한 대한민국 학생의 하루를

따라가 보자. 우리나라 아이들의 하루 생활은 요기 베라

(뉴욕 양키스의 전설적인 포수)의 명언 한 줄로 요약할 수 있다.

"It ain't over till it's over.(끝날 때까지 끝난 게 아니다.)"

아이들은 학교가 끝나도 끝난 게 아니다. 학원이 끝나지 않았기 때문이다. 학원이 끝나도 끝난 게 아니다. 집에 가서 숙제를 해야 하기 때문이다. 몇 년 전, 밤늦은 시간에 동네에 볼일 보러 나갔다가 반 아이를 마주치고 깜짝 놀란 적이 있다.

"이 늦은 시간에 어디 가?"

"학원이요."

안 그래도 어깨를 축 늘어뜨리고 걸어 다니는 아이였는데, 그날따라 어깨가 더 무거워 보였다. 한 손에 군것질거리를 들고 터벅터벅 걸어가던 아이의 뒷모습을 한참 바라보았다. 그날의 잔상 때문일까? 나는 가능하면 두 딸을 학원에 보내지 않을 생각이다. 놀이를 빼앗아간 게 학원뿐인가? 놀거리가 없을 때 친구가 되어주던 책, 가끔 놀 친구가 없을 때 무료함을 달래주던 TV의 자리는 유튜브와 인터넷, SNS가 대체했다. 아이들은 이제 다른 사람들

의 얼굴을 마주 볼 필요가 없다. 이별 통보도 얼굴 보고 하는 게 두려워 문자로 하는 일부 어른들처럼 아이들은 점점 서로를 만날 필요가 없어진다. 미디어의 작은 화면 속에서는 물 만난 고기처럼 날아다니다 현실 세계로 돌아오면 생기를 잃어버리는 아이들이 점점 많아진다.

왜 우리는 서로 얼굴을 마주 보면 불편한 관계가 되어 버린 걸까? 코로나 때 비대면 수업으로도 학교가 겉으로는 문제없이 운영되자 이젠 학교가 없어도 되겠다던 사람들은 다 어디로 갔을까? 성장기의 비대면 교육이 아이들에게 미친 악영향을 선생님들은 두 눈으로 똑똑히 목격했다. 이제라도 작은 화면에 갇혀 있는 아이들을 밖으로 끌어내야 한다. 다른 사람과 어울려 부대끼며 놀 수 있는 환경을 마련해줘야 한다. 아이들에게 놀 시간을, 놀 공간을, 함께 놀 친구를 돌려줘야 한다.

어쩌면 우리는 아이들에게 놀이터를 되돌려주는 것만으로 '폭우에 출근하면서도 웃음을 잃지 않는 K-직장인' 그 낭만의 시절로 돌아갈 수 있을지도 모른다. 사람들이 타인의 마음을 읽으려는 노력을 게을리하게 된 원인이 놀이의 상실에 있다면, 그 대안은 놀이의 회복에 있을 테니까.

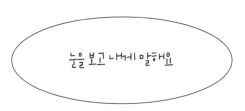
눈을 보고 내게 말해요

　우리는 타인의 감정에 공감을 잘하는 사람에게 공감 능력이 뛰어나다고 말한다. 공감을 못 하는 사람에겐 공감 능력이 부족하다고 말한다. 왜 공감이라는 단어 뒤에 능력이라는 단어가 따라붙는 걸까? 능력의 사전적 정의부터 찾아보자.

능력

: 어떤 일을 해내는 힘

　능력의 사전적 정의를 보니 공감 뒤에 능력이 따라붙는 이유를 알 것 같다. 공감은 능력이 맞다. 나는 그 이유를 두 가지로 압축할 수 있다.

첫째, 사람마다 능력치가 다르듯 타인의 감정에 공감하는 정도는 사람마다 다르다.

둘째, 타인의 감정에 공감하는 정도는 후천적 노력으로 향상시킬 수 있다.

그렇다. 능력을 갈고닦는다는 표현처럼 우리는 얼마든지 공감 능력을 향상시킬 수 있다. 작으나마 공감 능력이 있다면 이를 눈덩이처럼 굴려 공감 능력을 키울 수 있다는 뜻이다. 사람들은 교육이 그 역할을 해주길, 학교가 아이들의 공감 능력을 키워주길 기대한다. 안타깝게도 현실은 우리의 바람을 외면한다. 현장의 교사들은 아이들의 공감 능력이 갈수록 떨어지고 있다고 입을 모아 말한다. 그렇다고 선생님들이 두 손 놓고 있는 것도 아니다. 현장의 교사들은 끊임없이 고민한다. 아이들의 공감 능력을 향상시키기 위해 무엇을 할 수 있을까? 아마 내가 하는 잔소리의 90% 이상은 공감과 관련이 있을 것이다.

"얘들아, 친구가 지금 발표하고 있는데 아무도 안 듣네?

지금 발표하는 재석이 기분이 어떨까? 입장 바꿔 생각해 보자. 내가 발표하는데 다른 사람이 날 쳐다보지도 않고 딴짓하고 있으면 기분이 어떨까? 지금 재석이 마음이 그렇지 않을까? 공감이란 게 별 게 아니야. 다른 사람의 마음이 지금 어떨지 입장 바꿔 생각해 보는 것. 이게 바로 공감이야."

"어떤 감정을 느끼든 그것은 내 자유야. 감정은 죄가 없어. 살다 보면 마음에 안 드는 사람이 생길 수밖에 없어. 모든 사람이 그래. 다만 싫은 감정을 드러낼 땐 신중해야 해. 상대방이 상처를 받을 수 있기 때문이지. 친구가 싫다고 '나 너 싫어.'라고 직접적으로 표현하거나 표정, 몸짓 등으로 싫은 감정을 드러내는 순간 전혀 다른 문제가 되어버려. 왜냐고? 입장 바꿔 생각해 봐. 친구가 너한테 싫은 감정을 있는 그대로 드러내면 너는 기분이 어때? 너는 그 감정을 예쁘게 싸서 쓰레기통에 던지고는 아무 일 없었던 것처럼 대화를 이어갈 수 있니? 쓰레기통 근처에 서 있던 사람만 감정 쓰레기통이 되어버리는 건 아닐까?"

"그럼 어떤 감정은 표현해도 되고 어떤 감정은 표현하면

어서와, IB는 처음이지?

안 되는 걸까? 이럴 땐 한 번만 더 생각해 보면 돼. 지금 내가 하려는 말을 들었을 때 상대방의 기분은 어떨까? 그럼에도 불구하고 꼭 전하고 싶은 말이 있다면, 친구 기분이 안 나쁘게 둥글게 다듬어 표현할 수는 없을까?"

나는 가끔 이렇게 공감의 중요성을 설파하는 공감교 교주가 된다. 지금이라도 우리 반 친구 중 누군가가 공감 능력이 결여된 행동을 한다면, 나는 영화 〈죽은 시인의 사회〉 키팅 교수를 코스프레하여 지금 즉시 교과서를 덮으라고 한 다음, 바로 책상 위로 올라가…까지는 아니더라도, 그 즉시 공감 특강을 실시할 것이다. 공감 능력이야말로 사람이 사람답게 살아가는 데 없어서는 안 될 필수 요소이기 때문이다. 아이들도 살다 보면 알게 될 것이다. 공감 능력이 뛰어난 사람과 부족한 사람의 삶에는 어떤 차이가 생기는지.

문제는 한계 효용 체감의 법칙에 따라 특강이 거듭될수록 특강의 약발이 떨어진다는 사실이다. 특강이 끝날 때마다 하얗게 불태웠다며 뿌듯해하는 건 나뿐이고, 아이들은 체육 수업을 2시간 연달아 하고 온 듯 기 빨린 표정을 하고 있다. 교육의 길은 이렇게 멀고도 험난하다. 어떻게 하면 거부감 없이 공감의 중요성을 체화시킬 수 있을까 고민하던 차, 수업에 참여하는 것만으로 없던 공감 능력도 만들어낼 것 같은 수업을 발견했다.

그날 그 수업에 우리 반이 참여하게 된 건 코디 선생님의 배려 덕분이었다. 잠시 볼 일이 있어 교무실에 들렀는데 코디 선생님께서 말씀하셨다.

"한빛샘, 마침 잘 오셨어요. 오늘 1학년 수어 시간에 수어 강사님과 농인 강사님이 함께 특강을 하실 거예요. 3학년 친구들도 작년에 수어를 배웠는데 1학년이랑 같이 수업에 들어가는 건 어때요?"

여담이지만, 사실 이 장면은 우리 학교 선생님들에 대한 나의 애정이 얼마나 큰지를 보여주는 상징적인 장면이다. 나는 교무실을 좋아하지 않는다. 인생 내내 그래왔다. 나는 조용하고 한적한 분위기를 좋아하고(이러면서 헤비메탈은 볼륨 만땅으로 듣는 건 아이러니. 기본 소음 데시벨이 이미 헤비메탈인 교실에서 일생의 반을 보내고 있는 건 미스터리.), 전화 울리는 소리를 매우 싫어하며(내 주변 사람들은 알겠지만 나는 웬만하면 전화 대신 문자, 카톡을 이용한다.), 바쁘고 뭔가 열심히 해야 할 것 같은 분위기를 싫어한다. 교무실이 딱 그런 공간이다 보니 예전 학교에서는 회의할 때 아니면 거의 교무실을 가지 않았는데, 우리 학교 교무실은 편해서 자주 들락날락하고 있다. 그 덕에 아이들과 함께 역사적인 수어 특강에 참여하게 되었으니, 지면을 빌려 교무실 선생님들께 감사 인사를 전한다.

수어 수업은 어땠냐고? 한마디로 뷰티풀. 나에겐 마냥 좋고, 딱 내 마음에 들고, 평점으로 별 다섯 개를 주고 싶고, 동네방네 좋다고 소문내고 싶고, 집에 가서 내가 이런 걸 봤다고 자랑하고 싶고, 방송국에 제보하고 싶고, 평소 쓰지도 않는 일기장을 꺼내어 쓰고 싶고, 다시 생각해 봐도 너무 좋다 싶을 때 한마디로 퉁칠 수 있는 마법의 단어가 있다. 그 단어가 바로 '아름답다'이다. 수어 수업은 아름답다는 표현도 부족해서 앞에 아름다움을 수식하는 미사여구를 몇 개 더 붙여야 할 것 같은 더없이 아름다운 수업이었다. 지금부터는 어떤 점이 아름다웠는지에 대해 구체적으로 이야기해 보겠다.

일단 수어 강사님의 생각이 아름다웠다.

"사람들이 귀가 들리지 않는 사람들을 가리켜 뭐라고 부르죠?"

"청각 장애인이요."

"네. 맞아요. 제 생각에 청각 장애인이라는 표현은 잘못된 표현이에요. 그들은 '듣고 입으로' 말을 하지 않을 뿐 '보고 손으로' 말을 하잖아요? 그런데 왜 이들을 장애인이라고 부르나요? 저희는 이렇게 보고 손으로 말하는 사람들을 일컬어 농인이라고 부릅니다. 듣고 입으로 말하는 사람은 청인이라고 하고요. 그저 소통하는 방법이 다를 뿐이에요."

듣고 보니 그랬다. 그제야 코디 선생님께서 왜 함께 특강에 참여한 강사님을 가리켜 농인 강사님이라고 부르는지 이해됐다.

두 분의 열정도 아름다웠다. 둘은 환상의 짝꿍이었다. 농인 강사님께서 수어 동작으로 자신의 의사를 표현하면 옆에 계신 수어 강사님께서 그 뜻을 설명해 주셨다. 그 장면을 보고 왜 수어(手語)라 부르는지 단번에 이해가 됐다. 손 수, 말씀 어. 그것은 분명 언어였다. 마음을 손으로 전하는 언어, 들리진 않지만 보이는 언어, 마음으로 듣는 언어, 귀가 아닌 마음을 기울여야만 들을 수 있는 언어.

지금도 선명히 기억나는 장면이 있다. 농인 강사님께서 수업을 멈추고 눈빛과 손짓만으로 진심을 전하는 장면이었다.

"방금 전에 저는 손으로 제 의사를 표현했고 여러분은 대답했죠. 그런데 저는 알아들을 수가 없었어요. 왜일까요?"

"수어 동작이 어설퍼서요?"

"아니에요. 농인과 대화할 때는 상대방의 얼굴을 보고 말을 해야 해요. 여러분이 친구와 대화할 때는 얼굴을 보지 않고 대화해도 소통에 어려움이 없을 거예요. 들리니까요. 하지만 저희는 상대방의 얼굴을 봐야 입 모양, 표정, 손짓, 몸짓 등을 종합해서 무슨 말인지 알아들을 수 있어요."

멍하니 있다가 죽비로 정수리를 얻어맞은 느낌이었다. 이론으로만 접했던, 그러나 크게 와닿지는 않았던 비언어적 표현의 중요성을 깨닫는 순간이었다. 한편으로는 이 수업이야말로 듣는 것만으로도 공감 능력이 향상되는 특강이라는 생각이 들었다.

지금 농인과 마주 보고 대화를 한다고 상상해 보자. 그와 소통하려면 상대방과 눈을 맞추고, 상대방의 표정, 입모양, 손짓 등에 집중하면서 대화를 이어가야 한다. 상대방이 지금 내 말을 이해하고 있는지, 내 의사가 잘 전달되고 있는지 상대방의 표정을 수시로 살펴야 한다. 상대방의 마음에 실시간으로 공감해야만 대화를 이어갈 수 있다는 뜻이다. 그 과정에서 공감 능력은 가랑비에 옷 젖듯 마음속에 스며들 것이다.

강사님 말씀을 듣자마자 뽕망치로 얻어맞은 듯 각성하여 똘망똘망한 눈으로 선생님 얼굴을 바라보는 아이들의 눈빛은 또 어찌나 아름답던지. 수어 동작을 하나하나 뜯어보니 동작을 왜 그렇게 만들었는지 이해돼서, 수어 동

어서와, IB는 처음이지?

작을 처음 만든 분이나 타인과 소통하기 위해 수어 동작을 수없이 연습했을 저 강사님이나 얼마나 큰 노력을 기울였을지 눈앞에 그려져서 뭉클했다. 때마침 햇살이 창문 사이로 새어 나오고 있었다. 그새 몽글몽글해진 내 마음에도 햇살이 쏟아졌다.

세상이 퇴보하는 것처럼 느껴질 때마다 역사는 더디지만 결국 진보한다는 믿음을 되새긴다. 역사의 진보는, 그럼에도 불구하고 세상을 더 나은 방향으로 이끌어온 사람들에 의해 이뤄져 왔음을 떠올린다. 갈등과 분열의 시대, 지금 이 순간에도 서서히 증발하고 있는 사랑을 공기 중에서 구름처럼 응결시켜, 다시 이 땅 위에 비처럼 퍼뜨릴 열쇠는 우리 안에 있다. 아마도 그 열쇠에는 공감이라는 이름이 새겨져 있을 것이다.

날아라 팥쑥이

초등학교 때, 교문 앞에는 노란 병아리를 파는 아저씨가 있었다. 노란 병아리에는 샛노란 유치원복을 입은 유치원생처럼 보호본능을 자극하는 구석이 있어서 많은 아이가 코 묻은 돈으로 노란 병아리를 사 갔다. 나도 그 아이 중 한 명이었다. 이 병아리가 잘 크면 닭이 될 수도 있다는 사실을 그땐 몰랐다. 아니, 그땐 그 사실을 알 필요 없었다. 어차피 이 병아리는 며칠 안에 죽을 테니까.

얼마 전 유튜브에서 신기한 영상을 봤다. 먹으려고 산 메추리알 한 판에서 메추리 한 마리가 알을 깨고 나오는 영상이었다. 영상 속 사람들은 눈앞의 광경이 믿기지 않는 듯 감탄사만 뱉어댔다. 안타깝게도 나에겐 그런 기적이 일어나지 않았다. 뒷 베란다 박스 안에 넣어둔 병아리는 며칠 만에 세상을 떠났다. 종일 삐약대던 병아리가 어느 날 아침엔 울지 않았다. 죽음을 이해하기에 나는 너무 어렸다. 나는 병아리를 위해 울어주지도 못했다.

몇 년 후, 그룹 NEXT가 신곡을 발표했다.

(내레이션)

육교 위의 네모난 상자에서 처음 나와 만난 노란 병아리 얄리는 처음처럼 다시 조그만 상자 속으로 들어가 우리 집 앞뜰에 묻혔다. 나는 어린 내 눈에 처음 죽음을 보았던 1974년의 봄을 아직 기억한다.

(노래)

내가 아주 작을 때, 나보다 더 작던 내 친구
내 두 손 위에서 노래를 부르면 작은 방을 가득 채웠지
품에 안으면 따뜻한 그 느낌, 작은 심장이 두근두근 느껴졌었어

우리 함께 한 날은 그리 길게 가지 못했지

어느 날 얄리는 많이 아파 힘없이 누워만 있었지

슬픈 눈으로 날갯짓하더니 새벽 무렵엔 차디차게 식어 있었네

(중략)

눈물이 마를 무렵 희미하게 알 수 있었지

나 역시 세상에 머무르는 건 영원할 수 없다는 것을

설명할 말을 알 수는 없었지만 어린 나에게 죽음을 가르쳐 주

었네

굿바이 얄리, 이젠 아픔 없는 곳에서 하늘을 날고 있을까

굿바이 얄리, 너의 조그만 무덤가엔 올해도 꽃은 피는지

굿바이 얄리, 이젠 아픔 없는 곳에서 하늘을 날고 있을까

굿바이 얄리, 언젠가 다음 세상에도 내 친구로 태어나줘

— 넥스트, 〈날아라 병아리〉

그사이 나는 결혼 소식보다 장례 소식이 더 많이 들리
는 나이가 됐다. 내 곁을 스친 누군가가 세상을 떠났다는
소식이 심심찮게 들려온다. 웬만한 감정은 이겨낼 나이가
되었지만, 헤어지는 슬픔만큼은 여전히 적응이 안 된다.

어서와, IB는 처음이지?

내 곁을 잠시 스친 사람을 떠나보내는 마음이 이럴 진데, 하물며 살을 부대끼고 살던 반려동물을 떠나보내는 마음은 오죽할까. 나는 앞으로도 반려동물을 키우지는 못할 것이다.

그랬던 내가 교실에서 반려동물을 키우게 되었으니, 그것은 이번 반려는 반려의 끝이 죽음이 아니라 탄생이기 때문이고, 반려 기간이 매우 짧기 때문이며, 세 번째 UOI(탐구 단원)의 첫 번째 LOI(탐구 목록) 주제가 '동물의 한살이'이기 때문이다. 우리가 키울 동물은 배추흰나비다. 인터넷으로 주문한 배추흰나비 키우기 세트는 사육망, 작은 플라스틱 화분, 배춧잎처럼 생긴 먹이(케일)로 구성되어 있었다. 그런데 사육망과 케일 어디를 뒤져봐도 알이 보이지 않았다. 알은 직접 구해서 넣는 건가? 동봉된 설명서를 다시 읽어보았다. 그제야 작은 좁쌀처럼 생긴 알이 수십 개 보였다. 이 작은 알이 애벌레가 되고, 번데기가 되고, 나비가 된다고? 와우, 서프라이즈. 하긴 우리도 엄마 뱃속에선 작은 점으로 시작했다. 지금은 30조 개의 세포로 이루어진 우리도 수정란 세포 하나에서 출발했음을 잊지 말자. 우리는 모두 기적과 같은 존재이다.

　그나저나 우리 반은 수십 개의 알 중 몇 마리를 살려 하늘로 돌려보낼 수 있을까? 아이들에게 배추흰나비의 운명이 우리 손에 달렸음을 상기시켰다. 며칠 후, 케일 잎 위를 기어 다니는 애벌레가 목격되었다. 또 며칠 후에는 번데기가 등장했다. 번데기 앞에서 주름잡냐는 말이 왜 생겼는지 단번에 알 것 같은 형이상학적 비주얼의 소유자, 번데기 1은 등장과 함께 우리 반 아이돌로 등극했다. 번데기도 이렇게 사랑을 받는데 나비까지 탄생하면 얼마나 좋아할까?

　아이들은 등교하면 나비의 탄생 여부부터 확인했다. 운이 좋으면 나비가 번데기를 뚫고 나오는 장면도 확인할 수 있을 터였다. 그 순간을 기다리는 간절함은 내셔널 지오그래픽 전속 사진작가 못지않았다. 기다림은 택시와 같다. 잡으려 할 때는 그렇게 안 오더니 잠시 한눈팔면 스쳐 지나간다. 우리 반 공식 인증 첫 나비 '팥쑥이'도 그랬다. (아이들에게 왜 이름이 팥쑥이냐고 물어봤더니 이유는 없다고 했다. 이

시크함 무엇?) 결국 탄생의 순간을 지켜보진 못했다. 어느 날 아침 출근길에 교실 뒤에 몰려있는 아이들을 보고 팥쑥이가 탄생했음을 직감했다. 학교 뒤 텃밭으로 가서 아이들과 기념사진을 촬영하고 팥쑥이를 자연으로 돌려보내는 소소한 행사를 진행했다. 행사 이름은 '자연에서 자연으로(From Nature, To Nature)'

사람은 땅에서 나고 죽어 하늘로 돌아가지만, 나비는 하늘에서 나고 죽어 땅으로 돌아간다. 참으로 자유로운 생이다. 나도 다음 생에는 나비로 태어나고 싶다는 생각을 잠시 했다. 팥쑥이는 갑자기 넓어진 하늘이 어색했는지 학교 뒤뜰 텃밭으로 날아가 배춧잎 위에서 휴식을 취했다. 그렇게 한참을 배춧잎 위에 앉아 있었다. 얼마 전 읽은 책에 따르면 나비는 애벌레 시절에 학습한 장면 일부를 기억한다고 한다. 팥쑥이도 우리에게 감사 인사를 전하고 싶었던 건 아닐까? 잠시 후, 팥쑥이는 두 날개를 펴고 자연으로 되돌아갔다. 이 장면이 뭐라고 뭉클한 건지. 날아가는 팥쑥이를 보고 있자니 떠오르는 노래가 있었다. 두 줄짜리 가사가 무한 반복되는 노래였다.

> 세상 풍경 중에서 가장 아름다운 풍경
>
> 모든 것들이 제자리로 돌아가는 풍경
>
> — 시인과 촌장, 〈풍경〉

뭐든 제자리로 돌아가는 풍경은 아름답다. 팥쑥이가 제자리로 돌아가는 풍경도 그랬다. 그날 이후, 몇 마리의 나비가 우리의 박수를 받으며 자연으로 되돌아갔다. 불과 며칠 전까지 작은 좁쌀 안에 갇혀 있던 생명체가 스스로 몸집을 불리고 스스로 날개를 만들어 날아가다니! 생명의 세계는 참 경이롭다. 따지고 보면 팥쑥이와 나는 같은 조상을 공유하는 먼 친척이다. 38억 년 전, LUCA라는 이름을 가진 같은 생명체로부터 출발해 먼 길을 돌고 돌아 이제야 만났을 뿐. 더 놀라운 건, 둘 다 수십만 세대를 이어 오는 동안 단 한 번도 대가 끊긴 적 없다는 사실이다. 이게 기적이 아니라면 또 무엇이 기적인가?

팥쑥이가 날아가는 장면을 지켜본 아이들의 표정에 아쉬움과 뿌듯함이 교차했다. 동물의 한살이에 대한 지식을 습득하는 게 중요한 게 아니다. '다음 중 배추흰나비의 한

어서와, IB는 처음이지?

살이 과정을 바르게 짝지은 것은?' 이런 질문에 답을 찾는 게 중요한 게 아니다. 생명의 소중함을 두 눈으로, 심장으로 느끼는 게 중요하다. 나만큼 팥쑥이의 생명도 소중하다는 걸, 세상 모든 생명 중 소중하지 않은 생명은 없다는 걸 깨닫는 게 훨씬 중요하다. 적어도 이 아이들은 생명의 소중함을 깨달았을 것이다. 팥쑥이와의 만남과 헤어짐을 통해.

아직도 학교가 필요 없다고 생각하는가? 이게 바로 교육의 힘이며, 학교의 존재 이유이다.

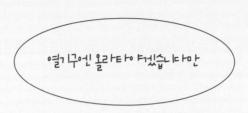

얼기구인 올라타야텄습니다만

Scene 1. Motivation

최근에 건강 검진을 했다. 쓸개에서 종양이 발견됐다.
의사는 둘 중 하나라고 했다. 놔둬도 별문제가 없거나, 놔
뒀다가 나중에 큰 문제를 일으키거나. 큰 문제라… 괜히
공손해져서 의사 선생님께 물었다.

"큰 문제라 하면 어떤 문제를 말씀하시는 걸까요?"

"뭐, 암이 될 수도 있고."

그 자리에서 수술 날짜를 잡았고 며칠 후 쓸개 제거 수
술을 했다. 쓸개 없는 놈이 되고 보니 책을 쓰는 과정이
쓸개를 떼어내는 과정과 닮았다는 생각이 들었다. 생체학

적 관점에서 보면 내 몸에서 보조 장기를 하나 떼어낸 것에 불과했지만, 인생 전체를 놓고 보면 언제 어떻게 나를 괴롭힐지 모를 불안을 함께 떼어낸 것이다. 글쓰기도 마찬가지다. 글쓰기는 거머리처럼 달라붙어 날 괴롭히던 감정들을 떼어내는 치유과정이기도 했다. 때로 어떤 감정들은 빛이 들지도 않는 감정의 저 밑바닥까지 침잠해야만 만날 수 있었다. 밑바닥을 휘저으면 감정의 부유물이 올라와 마음이 뿌예졌다. 그것을 글로 옮겨 적을 때에만 부유물은 가라앉았고 다시는 뿌예지지 않았다. 이젠 밑바닥을 저어도 부유물이 올라오지 않는 걸 보니 내 마음도 조금은 편해진 것 같다. 이번에도 글과 길(걷기)은 나의 구원이었다.

Scene 2. TMI

1. 작년 한 해를 돌아보며 쓴 책이기 때문에 올해 이야기는 되도록 뺐다. 혹시 궁금해하실까 봐 한 줄 요약을 하자면, 올해도 멤버 is 퍼펙트.

2. 선생님의 책 출간을 지원해주는 공모전에 이 책의 70% 완성본을 출품했다 떨어졌다. 초고 그대로 출품해서 글이 형편없긴 했는데, 막상 까이고 나니 오기가 생겼다. 그 결과물이 이 책이다. 결과적으로 더 나은 결과물이 나왔다. 그때 공모전에 붙었다면 이렇게까지 최선을 다하진 않았을 것이다. 실패는 성공의 어머니가 맞다. 아, 아직 성공인지는 알 수 없으니 이렇게 바꾸겠다. 실패는 마감의 어머니다.

3. 올해 급작스럽게 한 번 더 이사해야 할 일이 생겼다. 이사는 계속된다. 운명은 유전자를 이길 수 없다.

4. 책을 쓰다 중간에 몇 번을 포기했다. 책의 앞부분을 작년 1학기 초반에 쓰고 포기했다가 서이초 사건 후에 나머지를 썼다. 책의 성격을 알 수 있는 대목이다. 이번 책에 실린 글들은 쓰고 싶은 글보다는 써내야 하는 글에 가까웠다. 그래서 더 힘들었고, 그래서 더 뿌듯하다. 내 할 일은 여기까지

다. 씀으로써 쓰임과 소임은 다했다. 앞으로도 쓸 만한 사람이 되고 싶다.

5. K-초등학교의 K는 Korea다. 책에 등장하는 이름의 이니셜은 실제와 같은 것도 있고 다른 것도 있다. 비밀은 K-초등학교 선생님들만 안다.

6. 책 제목 후보군으로는 '눈 떠보니 IB', '학교에 답을 물었더니 IB가 답했다', '갈 때 가더라도 IB 정도는 괜찮잖아?', '떠나려는 당신에게 IB를 처방합니다', '뜨거운 IB는 오고 남은 건 볼품도 있습니다만' 등이 있었다.

7. 욕먹을 각오를 하고 써야 하는 글이 있었다. 세상에 욕먹는 걸 좋아하는 사람은 없다. 나도 그런 글을 쓸 땐 망설여졌다. 그때마다 떠올린 말이 있었다. 내가 격하게 애정하는 사람이 했던 말이다.

> "다른 누군가가 되어 사랑받기보다는 있는 그대로의 나로 미움받는 게 낫다."
>
> – 커트 코베인

Scene 3. Special thanks to

우리는 태어나면서부터 누군가에게 빚을 진다. 인생은 그 빚을 갚아나가는 과정이다. 이번에도 많은 분께 빚을 졌다. 내가 진 빚의 원금은 끝내 못 갚겠지만, 이자라도 먼저 갚는 마음으로 그분들께 감사 인사를 전한다.

어서와, IB는 처음이지?

To. K-초등학교 선생님

저 자신을 스스로 다큐 덕후(다큐멘터리 마니아)라 칭할 정
도로 다큐멘터리를 좋아합니다. 그중에서도 산악 다큐멘
터리를 정말 좋아하는데요. 작년 한 해를 회상할 때마다
떠오르는 다큐멘터리가 있습니다. '가셔브룸 4봉(G4) 중앙
서벽 루트' 등정에 도전하는 한국 원정대의 도전기를 다
룬 다큐멘터리인데요. G4는 외국 원정대가 인간이 등정
하는 건 불가능하다고 결론 내린 루트였습니다. 이곳에
세계 최초로 길을 내고 코리안 다이렉트라 이름까지 붙였
으니 얼마나 자랑스러운 일입니까? 기쁜 소식을 들고 한
국에 돌아갔더니, 웬걸? 원정대는 오히려 의심과 비난의
대상이 되어 있었습니다. 정상에서 찍은 사진이 없다는
이유로(하산 도중 캠프 1 붕괴로 사진 필름 유실) 등정 시비를 거는
사람들이 생겼던 거죠. 하지만 그들은 알고 있었습니다.
자신들이 정상에 올랐다는 진실을, 다른 사람은 몰라도
그들은 알고 있었죠. 수년이 지나 그들은 등정 과정을 다
큐멘터리로 공개하고 제목을 이렇게 짓습니다. 〈우리는

그곳에 있었다〉. 우리도 언젠가 다시 만나 이렇게 추억할 날이 왔으면 좋겠네요.

'그곳에 우리가 있었다.'

선생님들과 함께여서 행복했습니다. 좋은 날도 좋지 않은 날도 있었지만, 선생님들과 함께한 순간만큼은 모든 게 좋았습니다. 감사합니다.

To. 3학년 제자, 학부모님

2023년은 함께 근무하는 교직원 모두가 마음에 들었던 첫해이기도 했지만, 우리 반 학생과 우리 반 학부모님 모두가 마음에 들었던 첫해이기도 합니다. 모두가 행복한 학교를 만들려면 동료 교사와 관리자, 학생, 학부모 삼박자가 잘 맞아떨어져야 한다는 게 평소 지론인데요. 그래서 행복한 학교를 만드는 게 참 쉽지 않죠. 2023년은 그 어려운 걸 해낸 첫 번째 해였습니다. 감사합니다.

(덧붙임)

어디서 소문을 들었는지 작년 우리 반 친구들이 자꾸

절 찾아와서 새 책은 언제 나오냐고 묻습니다.(아마도 올해 같은 반 친구가 된 단비가 소문이 근원지인 듯합니다.) 올해 4학년이 된 이 책의 주연 배우 7명에게 이 책이 좋은 선물이 되었으면 합니다.

To. 대한민국의 모든 선생님

여러분과 함께했던 소중한 기억을 뒤로 하고 다른 길을 가볼까 합니다. 올해를 끝으로 명퇴를 신청할 예정인데요. 국가에서 지금은 떠날 때가 아니라고 붙잡으면 입 다물고 가던 길 가야겠지만, 이제 떠나도 된다고 허락해 준다면(명퇴 신청을 받아준다면) 미련 없이 떠날 생각입니다. 학교를 떠난다고 하더라도 매몰차게 뒤돌아설 사람은 못 됩니다. 옆에서 뒤에서 끝까지 응원하겠습니다. 싸울 일 있으면 함께 싸우고 도울 일 있으면 뭐든 돕겠습니다. 그동안 여러모로 감사했습니다. 제가 좋아하는 사람들한테만 쓰는 인사말로 마무리하겠습니다. 늘 행복하세요.

To. 출판사

출판 시장이 단군 이래 최대 불황이라고 하는데요. 시장에 찬바람이 부니 출판사는 몸을 움츠리게 되고, 이름 없는 작가의 진입 장벽은 높아집니다. 아나나 다를까. 이름 없는 작가 1이 꽁꽁 언 출판사 문을 두드렸더니 가뜩이나 굳게 닫힌 철문이 꿈쩍도 안 하더군요. 날씨는 점점 추워지고 마냥 기다릴 수는 없어 돌아서려던 찰나, 추운 데 들어오라고 따뜻하게 맞아준 출판사가 있었습니다. 어찌나 고맙던지요. 그때 다짐했습니다. 이분들을 위해서라도 모든 걸 쏟아부어야겠다고. 결과는 알 수 없습니다만 이것만큼은 말씀드릴 수 있습니다. 책이 좋은 평가를 받는다면 출판사 덕분이고, 좋지 못한 평가를 받는다면 저 때문입니다. 믿고 기다려주셔서 감사합니다.

To. 하나, 단비, 다온

글을 쓸 때마다 진부한 표현은 가능한 한 쓰지 말자고

어서와, IB는 처음이지?

다짐합니다. 단, 제가 이 편지 마지막 문장에 쓸 표현만큼
은 어쩔 도리가 없습니다. 이 표현은 무엇일까요? 힌트를
드릴게요. 일단 네 글자고요. 이 네 글자 단어 앞에서는
진부한 표현이 진부해지게 된 이유를 바로 이해하게 됩니
다. 다른 표현을 쓰고 싶어도 이보다 더 나은 표현을 찾지
못하니 또 쓸 수밖에 없는 것입니다. 그렇게 많이들 쓰다
보니 진부한 표현이 되는 것이고요. 저도 더 나은 표현을
찾는 데 실패했네요. 별수 없이 여기 진부한 표현 하나를
더합니다.

　사랑해요. 그리고 고마워요.

Last Scene. Hot air balloon

(BGM : 오아시스, 〈Whatever〉)

꿈을 꾼다는 건 바라보면 기분 좋아지는 헬륨 풍선을 갖고 다니는 것과 같습니다. 저도 꿈이라는 이름의 헬륨 풍선을 갖고 다니며 힘들 때마다 바라보곤 했는데요. 힘들 땐 다른 꿈을 상상하는 것만으로도 위로가 되더군요. 꿈은 참 신기합니다. 가만히 바라보고 있으면 커집니다. 제 꿈도 계속 바라봤더니 점점 커져 얼마 전에 올려다봤을 땐 열기구만큼 커져 있더라고요.

헬륨 풍선과 열기구의 결정적인 차이를 아시나요? 헬륨 풍선은 잡고 있는 끈을 놓으면 저 혼자 하늘로 날아가지만, 열기구는 뜨는 순간 열기구에 탄 사람도 같이 떠야 합니다. 뭔가 땅이 붕 뜨는 느낌이 들어 정신 차리고 보니 저도 어느새 열기구에 타 있더라고요. 뜨거운 공기가 열기구를 띄우듯, 꿈을 향한 제 뜨거운 열망이 헬륨 풍선을 열기구로 만들어 버린 거죠. 이젠 저도 결정해야 할 것 같습니다. 열기구를 타고 모험을 떠날지, 지금이라도 내려

어서와, IB는 처음이지?

서 안정적인 땅에 발을 디디고 살지.

저는 열기구에 올라타기로 했습니다. 허허벌판에 맨몸으로 나가는 제가 걱정되는지 몇 년만 더 해보고 떠나라고 조언해주시는 분도 많고, 1년만 더 같이 근무하자고 말씀해주시는 선생님들도 여러 명 계시는데요. 이런 말을 들을 때마다 인생 헛살지는 않았구나 싶은 게 진심으로 감사한 마음입니다만, 가야 할 때 가지 않으면 가려 할 때 가지 못하는 게 우리 인생이잖아요. 저는 삶의 유일한 목표가 죽을 때 후회 없이 떠나는 거예요. 이 목표를 달성할 수 있는 유일한 경우의 수는, 지금 열기구에 올라타는 것입니다. 기다리기만 하다 제 뜨거운 열정이 식어버리거나 날씨가 나빠지면 안 되니까요. 열기구 고장, 건강 문제 등의 다른 변수가 생길 수도 있고요.

아, 지금 열기구에 올라타야 하는 이유가 하나 더 있네요. 언젠가 제가 세상을 떠나면 두 딸이 이런 질문을 하게 될 날이 올 거예요. 아빠는 행복했을까? 그때 두 딸이 그래도 우리 아빠는 행복한 삶을 살았으니 지금도 하늘에서 웃고 있을 거야, 라고 말하며 서로 마주 보고 미소 지을

수 있는, 그런 삶을 살고 싶습니다.(미래의 단비, 다온아. 궁금해
할까 봐 미리 말할게. 아빠는 엄마, 단비, 다온 덕분에 더없이 행복한 삶을
살았단다.)

공교롭게도 IB 학교에 와서 처음 가르쳤던 UOI(탐구 단
원) 제목도 '나답게 사는 방법'입니다. 아이들한테 나답게
살라고 지겹게 말했는데 선생님부터 모범을 보여야죠. 이
거야말로 가르침과 행동이 일치하는 교행일치 아닙니까?
하하. 말씀드리는 순간 열기구가 뜨고 있습니다. 이제 진
짜 작별 인사를 해야 할 시간이네요.

Ending credit

MBC 〈PD수첩〉 '나의 죽음에 대하여' 편을 봤습니다.
방송에 나오는 주인공들은 의사 조력 사망 단체의 도움을
받아 고통 없이 삶을 마감하고 사랑하는 사람에게 또렷한
정신으로 마지막 인사를 하기 위해 스위스로 떠납니다.
그들은 왜 굳이 스위스까지 날아갔을까요? 우리나라에서

어서와, IB는 처음이지?

는 의사 조력 사망이 불법이고, 스위스에서는 의사 조력 사망이 합법이기 때문입니다. 전 세계에 이런 이유로 스위스를 찾는 사람들이 줄을 섰다고 하네요. 존엄사는 저도 평소 관심 있던 주제라 몰입해서 봤는데요. 방송을 다 보고 나서 다른 사람들은 어떻게 봤을까 궁금해서 유튜브에 달린 댓글을 읽어봤습니다.

"저도 소세포폐암 시한부 환자입니다. 수술은 불가능한 상황이고요. 항암 치료, 방사선 치료도 받았지만 추적 검사 결과 뼈에도 전이가 되었습니다. 앞으로 4~5개월 남은 시간이 너무 고통스럽습니다. 존엄사에 찬성합니다. 이 고통에서 빨리 벗어나고 싶네요."

이럴 땐 뭐라 위로를 드려야 할까요? 몇 달 후면 본인의 의지와 상관없이 세상을 떠나야 하는 분께 어떤 말이 위로가 되겠습니까. 이 댓글에 대댓글이 몇 개 달렸길래 읽어봤습니다. 한 댓글에서 눈이 멈췄고 저도 모르게 울고 말았네요.

'가시는 그날까지 평온하시고, 동시대를 같이 했던 사람으로서 그동안 고생 많으셨습니다. 조금 먼저 가시는 길

안녕히 가세요.'

'동시대를 같이 했던 사람', '조금 먼저 가시는 길 안녕히 가세요.'라는 표현이 어찌나 뭉클하던지요. 어쩌면 저와 당신도 마찬가지입니다. 우리의 공통점은 동시대를 살고 있다는 것뿐인지도 모릅니다. 아, 우리에게는 적어도 하나의 공통점이 더 있네요. 이 책을 통해 만났다는 공통점이요. 심지어 제 책의 마지막 장까지 읽어주신 걸 보니 보통 인연은 아닌 듯합니다. 유튜브 댓글에서 힌트를 얻어 당신께 마지막 인사를 드립니다.

짧은 시간이었지만 같은 시간을 공유할 수 있어 영광이었습니다.

우리, 한번 사는 인생 행복하게 살다 가요.